DE LA INOCENCIA A LA PASIÓN
LINDSAY ARMSTRONG

Editado por Harlequin Ibérica.
Una división de HarperCollins Ibérica, S.A.
Núñez de Balboa, 56
28001 Madrid

© 2008 Lindsay Armstrong
© 2017 Harlequin Ibérica, una división de HarperCollins Ibérica, S.A.
De la inocencia a la pasión, n.º 2584 - 15.11.17
Título original: The Billionaire Boss's Innocent Bride
Publicada originalmente por Mills & Boon®, Ltd., Londres.
Este título fue publicado originalmente en español en 2009

I.S.B.N.: 978-84-9170-119-4
Depósito legal: M-24983-2017
Impresión en CPI (Barcelona)
Fecha impresion para Argentina: 14.5.18
Distribuidor exclusivo para España: LOGISTA
Distribuidores para México: CODIPLYRSA y Despacho Flores
Distribuidores para Argentina: Interior, DGP, S.A. Alvarado 2118.
Cap. Fed./Buenos Aires y Gran Buenos Aires, VACCARO HNOS.

Capítulo 1

ALEXANDRA Hill llegó a su casa de Brisbane una mañana de mayo especialmente fría.

Había estado esquiando con unos amigos en los Alpes meridionales. Y aunque hacía frío en Canberra cuando se había subido al avión envuelta en su bufanda, no había pensado que agradecería tanta ropa en el previsible invierno subtropical de Brisbane.

Aún llevaba el abrigo cuando se bajó del taxi que había tomado en el aeropuerto para encontrarse con su jefe, que la esperaba en la puerta de su casa en Spring Hill.

Simon Wellford, pelirrojo y regordete y creador de Wellford Interpreting Services, la rodeó con un brazo.

–¡Gracias a Dios! Tu vecina no sabía si volvías hoy o mañana. Te necesito, Alex. Realmente te necesito –dijo apasionado.

Alex, que sabía que Simon estaba felizmente casado, se liberó de sus abrazos.

–Aún estoy de vacaciones, Simon, así que...

–Lo sé –la interrumpió–, pero te compensaré, te lo prometo.

Alex suspiró. Trabajaba para Simon como intérprete y sabía que era impulsivo.

–¿Qué emergencia hay esta vez? –preguntó.

–Yo no lo llamaría emergencia, definitivamente no –negó–. ¿Llamarías a Goodwin Minerals otra cosa que no fuera un golpe maestro?

–No sé nada sobre Goodwin Minerals y no sé de qué me hablas, Simon.

–Es enorme –chasqueó la lengua–. Es una empresa puntera en el mundo de la minería y está entrando en el mercado chino. Bueno –agitó una mano en el aire–, están a punto de empezar las negociaciones en Brisbane con un consorcio chino, pero uno de sus intérpretes de mandarín está enfermo y necesitan una sustituta. Casi de inmediato –añadió.

Alex apoyó la bolsa en la maleta de ruedas.

–¿Intérprete presencial? –preguntó ella.

–Mira –Simon dudó un momento–. Sé que para mí solo haces trabajo por teléfono y de documentación, Alex, pero eres muy buena.

–¿Se va a hablar con lenguaje técnico de minería?

Simon la miró mientras pensaba, después dijo:

–No. Te necesitan para los eventos sociales. Ellos... –dudó– querían saber si te sientes cómoda con las formalidades sociales.

–Así que les has dicho que no me como los guisantes con el cuchillo –señaló Alex y después se echó a reír.

–Les he dicho que tienes formación en diplomacia. Eso ha parecido tranquilizarlos –dijo un poco incómodo porque, a decir verdad, tenía alguna reserva sobre Alex que no era sobre sus buenas maneras ni sobre su fluido mandarín... sino sobre cómo vestía.

Nunca la había visto con otra cosa que no fueran unos vaqueros, también tenía una variada colección de largas bufandas que gustaba de enrollarse al cuello, y estaba claro que no se hacía con su pelo. También llevaba gafas. Parecía la clásica bibliotecaria.

Nunca le había importado su aspecto porque atender el teléfono y traducir documentación era algo que se hacía entre bastidores. De hecho, hacía gran parte del trabajo desde casa.

Tendría que resolver eso más tarde. Lo importante era conseguir el trabajo y se agotaba el tiempo.

–Sube al coche, Alex –dijo–. Tenemos una entrevista con Goodwin dentro de veinte minutos.

–Simon... –lo miró de soslayo–, estás de broma. Acabo de llegar a casa. Tengo que darme una ducha y cambiarme de ropa. ¡Además aún no estoy segura de querer este trabajo!

–Alex... –abrió la puerta del coche–, por favor.

–No, Simon. ¿Me vas a decir que te has comprometido a que haría una entrevista y a que Wellford aceptaría este contrato antes de estar seguro de que volvía hoy de vacaciones?

–Sé que parece un poco... bueno... –se encogió de hombros.

–Parece exactamente como tú, Simon Wellford –dijo airada.

–Hay que aprovechar las oportunidades –respondió él–. Esto podría suponer una enorme cantidad de trabajo, Alex. Podría ser el despegue de Wellford y... –hizo una súbita pausa antes de añadir–: Rosanna está embarazada.

Alex miró a su jefe parpadeando. Rosanna era la esposa de Simon y ese sería su tercer hijo, así que el futuro de la agencia de intérpretes se volvía especialmente importante.

–¿Por qué no lo has dicho desde el principio? –exigió saber y después suavizó el gesto–. ¡Simon, es una gran noticia!

Una vez en el coche, empezaron a presentársele algunas de las dificultades relacionadas con esa misión.

–¿Cómo voy a explicar la forma en que voy vestida?

–Diles la verdad. Acabas de llegar de esquiar. Por cierto, nos vamos a reunir con Margaret Winston. La primera secretaria de Max Goodwin.

–¿Max Goodwin?

–La fuerza conductora de Goodwin Minerals... no me digas que nunca has oído hablar de él.

–Pues, no. Simon... –Alex agitó el brazo en el aire mientras él seguía conduciendo– ¿tienes que conducir tan deprisa?

–No quiero llegar tarde. Es un hombre muy poderoso, Max Goodwin, y...

–¡Simon! –le interrumpió Alex, pero era demasiado tarde, un camión de reparto se cruzó delante de ellos y, a pesar de frenar varias veces, se empotraron en su parte trasera.

Simon Wellford golpeó el volante y rugió. Después se volvió a mirar a Alex.

–¿Estás bien?

–Bien, ligeramente zarandeada, eso es todo. ¿Y tú?

–Igual –miró al conductor del camión, un fornido hombre con aire de estar enfadado–, pero esto lo echa todo a perder.

–¿Estamos muy lejos?

–Solo a una manzana...

–¿Por qué no voy yo? Tú vas a estar entretenido un rato aquí, pero yo puedo irme. ¿Cómo se llama?

–Margaret Winston y es en el edificio Goodwin, la siguiente manzana a la derecha. Planta quince. Alex, te lo deberé de verdad si consigues este trabajo –dijo con intensidad.

–¡Haré todo lo posible! –salió del coche.

–Si todo lo demás falla, ¡déjalos alucinados con tu mandarín! –le dijo antes de que cerrara la puerta.

Ella se echó a reír.

Al llegar se encontró con que no solo tenía que enfrentarse con Margaret Winston, sino que también estaba Max Goodwin y un caballero chino, el señor Li, lo que incrementó el ahogo provocado por haber recorrido corriendo la última manzana antes de llegar al edificio Goodwin.

Fue Margaret Winston, una mujer de mediana edad, pelo castaño exquisitamente arreglado y traje sastre verde oliva, quien la acompañó al impresionante despacho de Max Goodwin.

Una pared de ventanales daba al río Brisbane que corría al lado del frondoso Kangaroo Point y bajo el puente Storey. Un mar de moqueta azul real cubría el suelo. Había un inmenso escritorio en un extremo y algunos fascinantes aguafuertes del antiguo Brisbane enmarcados en pan de oro colgaban de las paredes. En el otro extremo había un tresillo de cuero marrón y una mesita de café.

El mismo Max Goodwin era impresionante.

Por alguna razón, la breve descripción que le había hecho Simon había hecho pensar a Alex que sería un hombre rudo y correoso. Pero Max Goodwin era lo más alejado de eso. Estaría en la mitad de la treintena y resultaba el hombre más intrigante que había visto en años. No solo era un buen espécimen, físicamente hablando, bajo el traje azul marino, también tenía unos destacables ojos azules. El cabello era oscuro y el rostro esculpido con unos labios finos y cincelados.

No había nada retorcido ni correoso en él, aunque

bien podría serlo mentalmente, pensó ella. Había una intensidad aquilina en su mirada que intimidaba y hablaba de un hombre que sabía lo que quería... y cómo conseguirlo.

Lo siguiente que pensó fue que ella no era lo que él quería.

Fue una sensación que confirmó cuando, tras las presentaciones y una profunda inspección de ella, se frotó la mandíbula irritado y dijo:

—Oh, ¡por el amor de Dios! Margaret...

—Señor Goodwin —interrumpió a propósito Margaret—, no he podido encontrar a nadie más, la tarde de mañana está demasiado próxima y el señor Wellford me ha asegurado que la señorita Hill es extremadamente competente.

—Seguramente será así —espetó Goodwin—, pero parece que tuviera dieciocho años y se hubiera escapado del noviciado.

Alex carraspeó.

—Puedo asegurarle que tengo veintiún años, señor. Y disculpe por la sugerencia, pero ¿esto no es como juzgar un regalo por su envoltorio? —hizo una pausa, una suave reverencia y lo repitió en mandarín.

El señor Li en ese momento dio un paso adelante y se presentó como miembro del equipo de intérpretes. Se dirigió a Goodwin y le dijo:

—Muy fluido, señor Goodwin, muy correcta y respetuosa.

El silencio que siguió a su intervención estaba lleno de tensión mientras Goodwin la miraba fijamente a los ojos y después la estudiaba de la cabeza a los pies.

Quizá no tenía dieciocho años, decidió, pero sin pizca de maquillaje, el pelo que se escapaba del moño completamente alborotado, las gafas de montura metálica, el chándal y las botas... no era ni de lejos lo que necesitaba.

A menos, echó otra mirada a la señorita Hill, que, bueno, podía no ser imposible. Era de la estatura adecuada, siempre un plus cuando se estaba un poco rellena. Las manos eran finas y elegantes, la piel bastante cremosa, y los ojos...

Entornó los suyos y preguntó:

—¿Podría quitarse las gafas un momento?

Alex parpadeó y después hizo lo que le pedía Goodwin. Sus ojos eran de un claro y fascinante color avellana.

—Ajá –dijo–, gracias, Margaret, me haré yo cargo de esto por el momento. Gracias, señor Li. Por favor, siéntese, señorita Hill –señaló un sillón de cuero marrón.

Alex se sentó y él hizo lo mismo frente a ella y apoyó el brazo en el respaldo.

—Hábleme de su formación –siguió– y cómo llegó a hablar mandarín.

—Mi padre era miembro del cuerpo diplomático. Tuve –sonrió– lo que podría llamarse una infancia de trotamundos y los idiomas se convirtieron en algo sencillo para mí. Opté por el mandarín al pasar cinco años en Beijing.

—Una formación diplomática –dijo pensativo–. Así que ¿se ve a usted misma dedicada a ser intérprete profesional?

—Realmente no, pero es una buena forma de conservar mis habilidades, y no pasar necesidad –añadió en tono humorístico–. Pero estoy pensando en dedicarme a la carrera diplomática. No hace mucho que he salido de la universidad, donde me he graduado en lenguas.

Goodwin se pasó una mano por el pelo y luego preguntó bruscamente:

–¿Plantea objeciones al maquillaje?

Lo miró en silencio un momento mientras se fijaba en algunos detalles más de su indumentaria.

–Usted evidentemente no cree que vaya bien vestida. Yo...

–¿Cree que podría vestirse bien? –la interrumpió y siguió con una lista de funciones que hizo parpadear a Alex: cócteles, almuerzos, partidos de golf, cruceros por el río, bailes, cenas, etcétera.

–Mire –interrumpió ella en esa ocasión–. Creo que estamos perdiendo el tiempo, señor Goodwin. Sencillamente no tengo la ropa necesaria para asistir a ese tipo de actos y puede que tampoco... ¿cuál es la palabra?, el ímpetu. Traducir fielmente es una cosa, pero esto es algo completamente distinto.

–Yo le proporcionaría la ropa. Luego podría quedársela.

–Oh. No. No podría –dijo incómoda–. Muy amable por su parte, pero no, gracias.

–No es amabilidad –replicó impaciente–. Será un gasto legal y deducible. Y no sería como un pago por sus «favores».

–Desde luego –dijo ella cortante.

Goodwin sonrió súbitamente con un brillo alegre en los ojos.

–¿Por qué no entonces?

Alex se revolvió en el sillón y después cruzó las manos en el regazo.

–Me sentiría... me sentiría incómoda. Me sentiría comprada, aunque no por las razones habituales.

–Devuélvamela –levantó los ojos al cielo– entonces. Seguro que encuentro a alguien que la aprecie.

–Eso sería más apropiado –musitó–, pero hay algo más. Para ser completamente sincera, me causa cierta irritación que no me considere lo bastante buena.

–No es eso –dijo entre dientes–. Es que no quiero que se sienta como la Cenicienta. De acuerdo, vale – levantó las manos–, también necesito que se tome en serio la otra parte, por eso una ligera sofisticación ayudaría.

Alex se mordió el labio inferior. Una parte de ella quería rechazar la oferta. Había mucho en Max Goodwin que no le gustaba, su arrogancia y alguna cosa más. ¿Qué tal sería cambiar los papeles? Demostrarle que no lo pondría en vergüenza, algo que había estado a punto de decirle.

Miró hacia abajo y vio el aspecto que tenía. No había gozado de la oportunidad de explicarle por qué iba así vestida.

Por otro lado, aquello era un reto interesante.

Además estaba Simon y su empresa, por no mencionar el bebé en camino...

–Supongo que podría intentarlo –dijo ella–, aunque... –se encogió de hombros– no hace mucho que dejé el convento, por si sirve de algo, señor Goodwin, alrededor de un año.

–¿Era monja? –preguntó sorprendido.

–Oh, no. Pero mis padres murieron cuando tenía diecisiete años y me acogieron en un convento, así que luego me quedé. La madre superiora era pariente de mi padre... mi única pariente viva. Y me quedé con ellas mientras estudiaba en la universidad. Murió el año pasado.

–Ya... entiendo. Bueno, iba a decir que eso lo explica todo, pero ¿explica algo? –se preguntó retórico mientras sonreía caprichoso.

–Probablemente explica por qué soy la clásica chica normal. Por qué estoy acostumbrada a la sencillez y a las cosas útiles –dijo en tono serio–. Tampoco significa que no pueda ser de otra manera.

–¿Le preocupa que pueda aprovecharme de usted, señorita Hill? –la miró fijamente.

–¿Sexualmente? Ni lo más mínimo –respondió con serenidad–. Me imagino que no estoy al nivel de lo que usted está acostumbrado, señor Goodwin. De todos modos, también puede estar casado y tener una docena de críos –hizo una pausa como si le extrañara que Goodwin no dijera nada.

Entonces él dijo:

–No estoy casado –frunció el ceño–. Y solo por curiosidad, ¿a qué nivel se imagina que estoy acostumbrado?

–Oh... –agitó una mano en el aire– glamour, sofisticación y todo eso.

Goodwin sonrió, pero no negó la acusación y luego dijo:

–Si no le preocupa que pueda aprovecharme de usted, ¿qué le preocupa?

–Tengo la sensación de que es el clásico jefe que consigue lo que quiere cueste lo que cueste –dijo Alex cándidamente antes de quitarse las gafas para limpiarlas con la bufanda–. Yo eso no lo llevaría muy bien –dijo con calma y se volvió a poner las gafas.

Pero pareció como si de pronto Goodwin tuviera la cabeza en otra cosa. Además se le había ocurrido pensar que nunca había visto unos ojos así y... ¿era su imaginación o no era capaz de resistirse a ellos?

Por supuesto que no, se dijo. Era su muy correcto y fluido mandarín, evidentemente.

–¿Ha probado alguna vez a ponerse lentillas? –se descubrió preguntando.

Alex parpadeó tras los cristales de las gafas por el brusco cambio de tema y por la sensación de que Max había pasado de los negocios a lo personal... ¿o no era más que una suposición ridícula?

–Sí, tengo unas, pero prefiero las gafas –dijo despacio frunciendo el ceño.

–Debería insistir con las lentillas –le dijo él poniéndose de pie–. Muy bien, veamos cómo discurre esto –se inclinó sobre la mesa y pulsó el botón para llamar a Margaret Winston.

Cuando llegó Margaret, no vio ningún problema en la preparación de Alex; incluso pareció aliviada. Después se puso manos a la obra.

Nombró un establecimiento de primer nivel y les dijo que tenía un servicio de atención al cliente que ayudaba en la elaboración de vestuarios completos, cosmética a tono y tenía incluso su propia peluquería. Añadió que podía llamar inmediatamente por teléfono y concertar una cita.

–Gracias, Margaret, es una excelente noticia. Por cierto, ¿vuelvo a ir con retraso?

–Sí, señor Goodwin, así es... iba a llamar ahora mismo para avisar de su retraso.

–Gracias. Eh... me gustaría poner en antecedentes a la señorita Hill. ¿Cuándo voy a tener tiempo para hacerlo?

–Me temo que... –reflexionó un instante– va a tener que esperar unas horas. A eso de las seis esta tarde tiene una hora libre.

–¿Está bien para usted, señorita Hill? –se dirigió a Alex.

–¿Dónde?

–Aquí. Tengo un ático arriba del todo. Solo tiene que llamar al timbre del ático y decir su nombre, Margaret se lo habrá dado al personal de arriba –tendió una mano a Alex.

–¿Me tiene que poner en antecedentes? –no le estrechó la mano.

–Sí –bajó la mano–. Antecedentes sobre las nego-

ciaciones –dijo y luego añadió–: Eso es todo. Y sobre
todo porque no va a ser solo charla social lo que va a
tener que traducir, ya que muchas conversaciones
clave se desarrollan fuera de la sala de reuniones. Así
que me gustaría que estuviera al tanto de alguno de los
matices de esas charlas –alzó una ceja con gesto sarcástico–. ¿Todo aclarado?

–Solo preguntaba –se encogió de hombros.

–Porque, a pesar de que diga lo contrario, no puede
evitar preguntarse si tengo algo más en mente, ¿verdad?

–Si hubiera conocido a mi madre superiora –dijo con una súbita sonrisa–, habría sabido que ático y
después de la hora de salir son cosas que las chicas
sensatas tienen que evitar como la peste. Supongo
que ese hábito de ser suspicaz lo tengo demasiado
arraigado. En realidad, ahora lo he superado... Ven-
dré –tendió la mano sin ser consciente de la mirada
de sorpresa de Margaret y después de su sonrisa de
aprobación.

Pero fue en el momento en que le estrechó la mano cuando Alex descubrió algo hipnotizador en Max.
¿Sería puro magnetismo animal?, se preguntó. Tenía que reconocer que, aunque era arrogante, también era guapo e impresionante con esos hombros
anchos y ese traje sastre que le sentaba a la perfección.

«No seas ridícula, Alex», se dijo de inmediato...

Pero no era solo ese torturador aspecto, reflexionó.
Había una vitalidad en él que era difícil de resistir. Lo
encontraba interesante, un oponente con quien valía la
pena cruzar la espada.

Estaba además esa sensación que había experimentado antes cuando él había cruzado la línea y había llevado la conversación a un tema personal... ¿no era por

eso por lo que había tenido dudas sobre aceptar la reunión en el ático?

Por otro lado, y eso la sorprendió un poco mientras le soltaba la mano, estaba el detalle curioso y fascinante de descubrir la anchura de sus hombros...

Capítulo 2

A LAS SEIS menos cinco de esa tarde, Alex entró en el vestíbulo del edificio Goodwin con la bufanda ondeando al viento y varias bolsas de compras en las manos.

Miró a su alrededor sin aliento buscando el timbre y fue interceptada por el conserje. Le dijo su nombre y a quién tenía que ver. La miró dubitativo un momento, pero después la acompañó al ascensor del ático... tuvo el detalle de poner un gesto de disculpa cuando al dar su nombre, recibió el permiso para subir y las puertas se abrieron.

—Piso treinta y cinco, señora. ¡Que pase una buena tarde!

Alex pulsó el treinta y cinco y se preparó para compartir el trayecto con su estómago... no le gustaban los ascensores, pero ese resultó de lo menos angustiante. Al llegar, la puerta se abrió directamente en el ático de Max Goodwin.

No fue Max quien la recibió, sino un hombre de alrededor de cuarenta años quien le dijo encantador:

—¿Supongo que la señorita Hill? Soy el coordinador doméstico de Max, Jake Frost. Me temo que él va a llegar un poco tarde. ¿Le importa pasar al salón y esperarlo tomando algo? Oh... yo le llevaré las bolsas.

—Gracias, gracias —se quitó la bufanda y la chaqueta—. Algo sin alcohol estará bien... comprar puede ser agotador y da mucha sed.

–No tiene aspecto de cansada en absoluto –dijo Jake mientras se llevaba las bolsas.

–No es para mí –aseguró Alex–. Quiero decir, que lo es, pero luego lo devolveré. No es que sea una derrochona ni nada semejante –le brillaron los ojos detrás de las gafas–. Oh, ¿importa realmente lo que la gente piense de mí?

Jake Frost se tomó un momento para tener una visión más personal y menos profesional de la nueva intérprete. Le habían hablado de ella y no había pensado mucho en cómo sería. En ese momento decidió que era encantadora, aunque no fuera la clase de mujer que Max Goodwin habitualmente...

«Pero ¿en qué estoy pensando?», se preguntó. «Esto es un asunto de trabajo».

La sonrisa que le dedicó a Alex fue completamente auténtica.

–Creo que sería una pena no disfrutarlo aunque sea un poco, incluso aunque lo vaya a devolver.

Unos minutos después, Alex tenía en sus manos un vaso y contemplaba las vistas del ático de Max Goodwin. Una hermosa perspectiva del río y la ciudad a la caída del sol.

El salón era espacioso y absolutamente llamativo. La alfombra era de color verde mar, los sofás estaban tapizados en terciopelo albaricoque con cojines rojos y las mesas esmaltadas en negro.

Un magnífico gabinete chino lacado en negro y oro dominaba una de las paredes y en otra una maravillosa pintura abstracta ocupaba un lugar de honor y llenaba de color la habitación.

–Hola, señorita Hill–dijo una voz detrás de ella, y se dio la vuelta para ver a Max entrar en el salón.

Era evidente que acababa de ducharse, aún tenía el pelo húmedo, y llevaba unos vaqueros y un suéter. Se acercó al bar y se sirvió algo de beber.

–Siéntese –invitó.

Jake se acercó mientras ella se sentaba.

–He llamado para decir que ibas con retraso, Max. He puesto el vino en una bolsa fría –señaló la bolsa en el bar– y aquí están las flores –tomó un ramo y volvió a dejarlo en su sitio–. Así que me marcho si no te importa.

–Claro. Adiós –se despidió de él y se sentó enfrente de Alex–. Bueno, ¿cómo le ha ido esta tarde?

–Bien –dijo Alex–. Creo. Pero mire, señor Goodwin, si va con retraso, quizá podría encontrar otro momento para mí.

–No, no importa si voy un poco tarde, no hay otro momento y estoy decidido a disfrutar de esta cerveza.

–Solo quería que no llegara tarde a su cita –se encogió de hombros.

–Mi cita –parecía estarse divirtiendo–, como la llama con cierto tono de desaprobación, señorita Hill, es con mi abuela. Está en una residencia y el vino y las flores son para agasajarla.

–Oh –Alex se quitó las gafas para limpiarlas.

¿Había parecido un reproche lo que había dicho? ¿Se estaría creando en su cabeza de un modo inconsciente la opinión de que Max Goodwin era algo así como un *playboy*? Seguramente habían ayudado el vino y las flores, esa buena presencia e impresionante físico y el hecho de que no estuviera casado. Además de, por supuesto, esa inexplicable pequeña emoción que había sentido en la entrevista de esa mañana.

¿No era eso bastante parecido a juzgar un libro por la cubierta?

–Lo siento –dijo ella con una súbita sonrisa– si ha

parecido desaprobatorio. Bueno, parece que una de mis primeras impresiones ha sido que pudiera ser una especie del *playboy*, pero no tengo ninguna prueba concreta, así que lo descartaré.

Max se quedó sin palabras hasta que se recuperó y dijo:

–Gracias por estar dispuesta a reconsiderar sus opiniones. Naturalmente, yo no me veo como un *playboy*, aunque nuestras definiciones pueden diferir –sonrió–, pero quizá no es buena idea seguir con ese tema. Y –una mirada malévola cruzó sus ojos–, para ser sincero, no suelo encontrarme con desaprobaciones de ninguna clase, así que creo que es una experiencia saludable. Muy bien, vamos con la reunión informativa.

Cuando él terminó de hablar, Alex tenía una idea de lo fundamental de las negociaciones que se estaban desarrollando; además se había familiarizado con el territorio que cubrían. Se dio cuenta de que sería un gran salto para Goodwin Minerals si conseguían entrar en el mercado chino.

Entonces Max miró su reloj y se acabó la cerveza.

–Debería irme. Gracias por su tiempo –se puso en pie y fue a por la bolsa fría y un ramo de gerberas de colores, margaritas blancas y helechos envueltos en celofán.

Cuando llegaron al vestíbulo y ella recogió sus cosas, Max dijo:

–Espero que no haya aparcado muy lejos, Alex –le cedió el paso para entrar al ascensor.

–No tengo coche.

–¿Qué quiere decir? –la miró con el ceño fruncido.

–Que no conduzco.

La miró como si le hubiera dicho que había aterrizado en la luna y Alex sintió un secreto deseo de echarse a reír.

–¿Entonces cómo se mueve?

–En autobús –dijo seria–. También tengo bici. Y, en muy contadas ocasiones, voy en taxi.

–¿Dónde vive?

Se lo dijo.

–Me queda de camino –apretó el botón del garaje y las puertas se cerraron–. La llevaré.

–No es necesario, señor Goodwin –protestó–. Estoy acostumbrada...

–Una recomendación: no discuta conmigo. Sobre todo cuando estoy siendo lo mejor que puedo, porque puede que no dure mucho.

El ascensor llegó abajo y las puertas se abrieron.

–Bueno... –contemporizó ella.

–Además –añadió él mirando las bolsas que llevaba–, lleva un buen botín de cosas y creo que las he pagado yo... podrían robarle, asaltarla, cualquier cosa y no me gustaría.

–¿Me está diciendo que mientras se salve el botín no le importa lo que me pase a mí? –preguntó ella.

–No ponga esas palabras en mi boca –dijo él arrastrando las sílabas–. Pero basta ya de cháchara, ¡vamos!

Alex no tuvo más remedio que seguirlo mientras caminaba por el garaje hacia un brillante Bentley azul marino que parecía recién estrenado.

–¡Guau! –no pudo evitar quedarse mirando el coche con admiración–. ¡No sé mucho de coches, pero este es fantástico!

–Sí, una belleza, ¿verdad? Tan clásico... si fuera una chica, me casaría con ella.

Alex se echó a reír mientras él abría el maletero para que ella metiera las bolsas y él las flores y el vino, después abrió las puertas y ella entró a un interior de asientos de cuero color crema y madera de nogal. Incluso olía bien.

–¿Es una decisión consciente la de no conducir? –preguntó mientras tomaba la rampa de salida del garaje–. ¿Por motivos ecológicos?

–Me gustaría decir que sí –arrugó la nariz–, y creo que sería lo adecuado, pero tiene un motivo más bien práctico. No tengo garaje y además estoy acostumbrada al autobús y todo eso –agitó una mano en el aire.

–¿Cuál es su situación económica? –preguntó súbitamente frunciendo el ceño.

Alex miró la calle que pasaba por delante del capó del Bentley. Había llovido mientras estaban en el ático y la superficie reflejaba miles de luces mientras los neumáticos siseaban al contacto con el agua.

–Mis padres me dejaron un dinero –le dijo–. Después... –se paró a tragar saliva– después del accidente en que murieron, la madre superiora fue nombrada administradora de mis fondos. Se pagaron mis estudios y después quedó suficiente dinero para comprarme una casa con terraza; así que actualmente soy una mujer con algo de fortuna, ¡aunque no tenga coche! –se volvió a mirarlo con una sonrisa de felicidad.

Pero Max notó el brillo de sus ojos tras los cristales de las gafas, lágrimas, sospechó y sintió una punzada de lástima porque fuera huérfana.

–¡Mejor!, ¿no? –aparcó delante de la casa con terraza en el barrio de Spring Hill.

–Sí. Muchas gracias. Supongo que volveremos a vernos en... –lo miró con gesto interrogativo–, bueno, en la fiesta de mañana por la tarde, ¿no?

–Sí –hizo una pausa–. ¿Qué tiene para mañana por la mañana? Estaba pensando que a lo mejor le interesaría ver esa sala de reuniones a la última y conocer a las demás intérpretes.

–Sí, normalmente es lo que haría, pero parece que

tengo un montón de otra clase de compromisos: uñas, pelo, limpieza facial... –sonrió.

Max frunció el ceño y volvió a estudiarla con detalle. Había abierto su puerta para ayudarla a sacar sus cosas del maletero, así que la luz del coche estaba encendida.

–No... no hace... –dijo mientras recorría con la mirada a la chica tan natural que había contratado como intérprete, en realidad, refrescantemente natural, pensó– no hace falta exagerar.

–Señor Goodwin, intento hacer todo lo necesario para no sentirme como una Cenicienta, pero no pretendo exagerar. En todo caso, lo que haré será sobre todo echar el freno.

Max vio de un modo evidente que esa chica había cambiado las tornas con él, que lejos de sentirse abrumada por su solicitud de cambio de imagen, se estaba riendo de él.

–¿Cómo es eso? –preguntó por una corazonada.

–Sigo recordando lo que su señora Winston, un cielo por cierto, y la coordinadora de vestuario han dicho: que no tengo que parecerme a Cenicienta, que tampoco tengo que eclipsar a los invitados. Además, es solo ropa que usted paga.

–Eso no es necesario, Alex –entornó los ojos.

–Lo es para mí –se encogió de hombros–. Ese aspecto de todo esto es bastante personal y no es una cuestión de que para usted probablemente sea una gota en el océano... es por mi propio orgullo. Así que, por favor, no discuta conmigo, señor Goodwin.

Max se descubrió riéndose a carcajadas mientras Alex levantaba la barbilla y lo miraba altiva.

–Muy bien, señora –respondió con una mueca–. Saquemos sus cosas del maletero.

No solo las sacó del maletero, algunas de ellas las

llevó por el corto sendero que separaba la acera de la puerta de la casa.

–Deme su llave, le abriré la puerta.

–Está... seguramente estará debajo de ese tiesto –dijo sin pensar señalando una maceta con lavanda.

–No me lo creo –dijo él dejando las bolsas en un banco de jardín y levantando el tiesto–. ¡Es el primer sitio donde miraría un ladrón! Bueno –añadió–, esta no sería una buena noche para él porque no están –se irguió, sacudió las manos y miró los otros once tiestos que había delante de la puerta–. ¿Qué es todo esto? Parecen especias, si no me equivoco.

–Sí. Me gusta utilizarlas para cocinar.

–Eso está bien –se volvió a mirarla–, pero es una locura esconder la llave de la puerta. ¿Dónde busco ahora? La albahaca, reconozco esa, también la menta, claro, el perejil...

–Hago una elección al azar cada día –le interrumpió nerviosa–, y lo hago porque tengo la horrible costumbre de perder las llaves. ¡Un momento! –se dio una palmada en la frente–. He estado lejos, ¿verdad? Así que deben de estar en el bolso. Veamos –empezó a rebuscar en el bolso hasta que con un gesto de desesperación lo vació encima del banco.

–¿Cuántas veces al día tiene que hacer esto? –preguntó él.

–No con mucha frecuencia –dijo ella–. Además, es todo por su culpa. ¡Aquí están!

–¿Mi culpa? –alzó las cejas–. No veo por qué...

En ese momento ella le interrumpió para decirle que su día había sido un desastre gracias a su imperiosa necesidad de una traductora de mandarín.

–¿Alguna pregunta más sobre por qué no soy tan organizada como debería ser? –terminó seria solo para

darse cuenta de que él reía en silencio–. No es gracioso
–dijo abriendo la puerta.

–Es gracioso –discrepó él–. ¿Dónde está la luz?

–Justo al lado de la puerta, pero no hace falta que...

–No tengo ninguna intención de entrar –dijo en
tono cortante–. Lo digo por si su madre superiora está
haciendo saltar todas las alarmas desde allá arriba... lo
siento –dijo bruscamente cuando la expresión de ella
cambió–. Borre eso. Bueno... –la miró– nos vemos
mañana por la tarde. Gracias por soportar todas las dificultades del día.

Pero por un momento, antes de irse, sus ojos vaga-
ron por ella de un modo que la afectó.

Después, con un ligero golpecito de sus dedos en la
mejilla de ella, se había ido.

Ella no sabía que mientras conducía, Max estaba
sorprendido de descubrirse pensando que disfrutaría
invitando a comer a su nueva intérprete. Tenía una pequeña marisquería favorita que algo le decía que ella
disfrutaría; era poco pretenciosa, pero cómoda y la comida era el trabajo de un cocinero que realmente en-
tendía de salsas y condimentos y los combinaba con lo
que fuera fresco del día.

Al pensarlo se dio cuenta de que no había llevado
allí a una mujer desde hacía siglos, y eso que no le había faltado la compañía femenina, pero había tenido
que asistir a tal cantidad de eventos sociales con tal
cantidad de mujeres perfectamente vestidas y perfu-
madas del brazo que al mirar atrás tenía una curiosa
sensación de... ¿vacío?

Lo que planteaba una pregunta: ¿la forma que tenía
de ser Alexandra Hill y cómo había llamado su atención no era un aviso de que se estaba aburriendo de
tanto glamour y sofisticación?

Frunció el ceño porque aquello, evidentemente, le

llevaba directo a la espinosa cuestión de una sofisti-
cada mujer en particular...

Aunque Alex no estaba al corriente de las reflexiones de Max, aún seguía aturdida mientras cerraba la
puerta esa húmeda noche. ¿Qué había sentido cuando
él la había mirado detenidamente? ¿Alguna clase de
conexión entre ellos?

Se tocó la mejilla donde la había rozado él y se descubrió respirando profundamente mientras recordaba
la alta e incitante presencia de su nuevo patrón; el profundo azul de sus ojos, cómo brillaban cuando se reía,
sus anchos hombros, sus manos...

Miró al infinito y después sacudió la cabeza mientras se recriminaba por ser tan imaginativa.

Había redecorado ella misma la casa gradualmente,
recurriendo al blanco para las paredes donde exponía
los artefactos y fotografías de todo tipo que había ido
reuniendo a lo largo de su vida.

Había un hermoso tapiz de *kilim* colgado en una de
las paredes del salón y había hecho las fundas de los
cojines del sofá rubí de *songket*, un tejido malayo arte-
sanal de lana con hilos de oro y plata que había comprado en un mercado de Kuantan.

Sus primeros años de vida habían sido maravillo-
sos. No solo había disfrutado del estatus de cónsul de
su padre, sino que había crecido compartiendo el interés de sus padres por la cultura y la erudición. También
había heredado su facilidad para los idiomas.

Después todo se había venido abajo.

Sus padres habían muerto en un choque de trenes
muy lejos de casa. Probablemente ella habría ido en el

tren si no hubiera decidido terminar sus dos últimos cursos de instituto en Australia. Había sido una decisión que le había salvado la vida, aunque había sido difícil de asumir en ese momento; también había sido sabia. Había hecho algunos buenos amigos cerca de casa, algo que no había logrado a lo largo de su infancia de trotamundos.

Así que no se había quedado completamente sola; además estaba la prima de su padre, la madre superiora del convento.

Pero como única hija de padres hijos únicos cuyos padres ya habían muerto, el accidente había sido un golpe terrible. Y aunque debido a la tragedia había desarrollado un hábito de independencia y fortaleza, había sufrido mucho. Se decía a sí misma que era una estupidez temer sentirse cercana a alguien por si le era arrebatado, pero ese miedo persistía.

Y sabía que era porque a los veintiún años era libre y se preguntaba si siempre sería así.

Había sido afortunada al heredar esa pequeña fortuna de sus padres y haber podido ir a la universidad y después adquirir la casa y dejar atrás sus días de convento. Tampoco lo había pasado mal.

Cuando había terminado el instituto y se había marchado a la universidad, se la había admitido como miembro laico de la comunidad y a cambio había ayudado con las internas más pequeñas. Se le daban bien los niños, sobre todo los que más lloraban por estar lejos de casa, seguramente porque ella había pasado una y otra vez por cambios de casa y de escuela.

Y había sido un gran cambio trasladarse a su casa después de la vida del convento, donde una raramente podía estar sola u ociosa. Pero después de una primera sensación de desorientación, había aprendido a valorar su propio espacio y las cosas que podía hacer con él.

También había tenido suerte con la vecina. Patti Smith era una activa viuda de cincuenta y muchos años muy divertida. Se ocupaban de sus jardines y el correo de la otra cuando esta no estaba. Patti, enfermera, estaba ya retirada.

Alex dejó las llaves en la mesa del comedor, las bolsas en el sofá y encendió un par de luces.

Con esa cálida luz la habitación resultaba acogedora y le producía un especial placer ver cómo habían quedado los muebles de segunda mano que había comprado y restaurado.

Se quitó las botas y varias capas de ropa, aunque ya se había quitado algunas mientras había estado de compras. Se metió en la ducha. Después paseó por la cocina, que consideraba su mayor triunfo.

Había conseguido convertir una oscura pesadilla en un espacio luminoso con estanterías abiertas en las que se veía su colorida vajilla.

Se preparó una taza de té y un sándwich y se los llevó al dormitorio, donde terminó de vaciar las bolsas encima de la cama.

Miró la pila de cosas y pensó con ironía que a pesar de haber tenido un impulso de contención la ropa era muy bonita. Había aceptado la sugerencia de Margaret Winston de que no podía eclipsar a los invitados, de que quizá los colores oscuros y las líneas sencillas serían lo más indicado, pero había insistido en que todo fuera de la mejor calidad.

Alex se había asustado interiormente por los precios, pero Margaret le había dicho en confianza que serían como una gota en el mar para Max Goodwin.

El resultado eran hermosos tejidos, lino, seda, lana y crepé. Había también tres pares de zapatos y algunos juegos de una exquisita ropa interior.

Pero frunció el ceño al verlo todo junto. Muy bonito, pero completamente distinto de su estilo habitual. ¿Cambiaría por ponerse esa ropa?

Entonces otra extraña pregunta le saltó en la cabeza: ¿cómo la vería Max Goodwin con esos elegantes vestidos?

Para su asombro, sintió cómo le latía el pulso un poco más aceleradamente ante la idea, y tuvo que inspirar con fuerza varias veces. Tuvo también que recordarse a sí misma que tenía que ser muy, muy profesional en su trato con él...

El día siguiente pareció pasar volando.

La fiesta se iba a celebrar en el ático, empezaba a las seis de la tarde, pero Margaret le había pedido que estuviera allí a las cinco y media. Hasta ese momento, había tenido un grupo de citas y había un mensaje de Simon en su contestador en el que le decía que quería verla.

Pero antes de ir a ningún sitio, había aparecido su vecina, Patti.

−¡Toc, toc! Te he espiado, no puedo negarlo, aunque no iba a admitirlo −dijo exageradamente−, pero me moría de curiosidad. ¿Quién era ese hombre tan guapo que te trajo anoche a casa en un Bentley?

−Mi nuevo jefe −se echó a reír−. Mi muy temporal jefe, así que no te hagas ilusiones.

−¡Nunca se sabe! −dijo Patti con un suspiro.

A mediodía, Alex se miró incrédula.

Le habían teñido unas mechas, cortado las puntas, lavado y secado el pelo y el resultado era increíble. No solo eso, le habían perfilado las cejas, teñido las pestañas y hecho la manicura.

Pero sobre todo era su pelo lo que la tenía asombrada. Ya no era una maraña inmanejable, las mechas acentuaban el color y tenía cuerpo, volumen y forma y habían sabido sacar ventaja de su ligera tendencia a rizarse.

–¿Te gusta? –le preguntó el señor Roger, el peluquero.

Alex inclinó la cabeza y miró su pelo balancearse de un modo elegante.

–Es... no puedo creerlo. Pero... –se volvió rápidamente hacia él– ¡no seré capaz de mantenerlo con ese aspecto!

–¡Por supuesto que podrás! –respondió un poco herido–. Todo está en el corte y el corte permanece hasta la siguiente vez que lo corten, créeme. Y te lo sigues pudiendo recoger, hacer trenzas, lo que quieras. ¡Mary! –llamó a la chica del maquillaje–, vamos con la cara. Sobre todo los ojos, que son impresionantes –se volvió hacia Alex–. Y por favor, no me digas que te vas a poner esas gafas, cariño, porque ¡no podría soportarlo!

–No lo haré –prometió Alex con una carcajada–. No me atrevería... me pondré las lentillas.

–Bueno, cepíllate siempre el pelo antes de cualquier cosa que tengas que hacer si quieres que te quede así.

–¡Oh, Dios mío! –dijo Simon Wellford y dejó caer el bolígrafo mientras Alex se sentaba en la silla que había al otro lado de su mesa–. Quiero decir...

–¡No pasa nada! –sonrió ella y le explicó con sentido del humor el proceso de cambio de aspecto que había sufrido–. Yo misma estoy un poco conmocionada –añadió–. Pensar que me llevo peleando con mi pelo desde que me acuerde y lo único que necesitaba era que un hombre lo cortara, moldeara y tiñera. Te advierto –confesó– que costó un riñón.

–No es solo el pelo –Simon miró detenidamente su rostro maquillado–. Es la cara y... no llevas gafas. Es asombroso. Sin embargo –bajó la vista–, llevas la misma clase de ropa.

–Ah, pero no esta tarde. Bueno, ¿para qué querías verme?

–Goodwin Minerals –dijo sacando una carpeta– nos ha enviado por fax un contrato con cláusula de confidencialidad. Nuestros abogados lo han mirado y no le ven ningún problema, pero significa que todo de lo que te enteres durante estas negociaciones es confidencial –le tendió el bolígrafo.

Alex firmó el documento con gesto ceremonioso.

–Por supuesto.

–También han enviado el programa de actos a los que tienes que asistir –le puso delante otro papel.

–Cóctel esta noche, almuerzo mañana en las islas Sovereign, después tres días de descanso hasta un día de golf en Sanctuary Cove, un día en barco por el río y un día en las carreras y final con cena y baile... de nuevo en las islas –leyó Alex e hizo sonar los dedos. Simon la miró con gesto interrogativo–. Ya lo había visto... la señora Winston me lo enseñó. Estuvimos eligiendo la ropa para cada ocasión –le explicó y añadió–: Creo que disfrutaré de los tres días de descanso después del almuerzo de mañana. ¿Cómo son las islas Sovereign?

–Están en la Costa Dorada. Él tiene una casa allí... más bien una mansión –dijo irónico. Después abrió un cajón y sacó una placa dorada con el nombre de ella en letras de esmalte azul y el logotipo de la empresa artísticamente grabado–. ¿Qué te parece? ¿Demasiado clásico?

–Sí –pasó los dedos por la superficie y lo metió en su bolso.

–Esto... –Simon se recostó en el respaldo de la butaca y la miró con los ojos entornados– ¿crees que puedes manejar esto, Alex?

–¿Te he dejado mal alguna vez, Simon?

–No, pero hacer de intérprete por teléfono y traducir documentos no es un trabajo que se haga bajo presión y la traducción presencial sí.

–Lo sé –reconoció–, pero anoche me pasé dos horas siguiendo un DVD en mandarín... y me siento preparada.

–Bueno, sobre todo será charla intrascendente, me imagino, pero... ¡buena suerte! ¿Eres consciente de que esto puede brindarnos mucho trabajo?

–Simon, debe de ser la sexta vez que me lo dices –se levantó–, así que...

–¿Cómo es Max Goodwin?

–Muy... –se volvió a mirarlo mientras buscaba las palabras– listo, diría yo. Muy acostumbrado a conseguir lo que quiere. Muy rico –se giró hacia la puerta.

–Eso nunca lo he dudado –dijo irónico–. Es una antigua familia y llevan siendo ricos mucho tiempo. Su abuela era hija de un conde italiano y su hermana está casada con un barón inglés. Hay un rumor que circula por ahí de que un hijo que no sabía que existía ha aparecido inesperadamente en su vida.

Alex volvió a darse la vuelta y miró parpadeando a su jefe. Simon Wellford tenía una hermana, Cilla, que se había casado espectacularmente bien y que siempre compartía chismes sobre famosos con el personal.

–¿No sabía que existía? –repitió ella–. ¿Cómo demonios puede suceder algo así?

–¿Quién sabe? –Simon se encogió de hombros–. Ha habido unas cuantas mujeres en la vida de Max Goodwin. Pero por lo que he oído, a él no le ha hecho mucha gracia.

–¿Cómo puede «no hacerle mucha gracia» un hijo? –preguntó Alex volviéndose a sentar.

–No me lo preguntes –dijo Simon tamborileando con los dedos en la mesa–. Cilla está un poco dolida porque no tiene más detalles –se puso serio de pronto–. Y si yo fuera tú, tampoco le preguntaría.

–Como si fuera a hacerlo –dijo cortante.

–Bueno, eso no lo sé. Tengo la sensación de que eres algo así como... –dudó un momento– una bienhechora.

–No lo soy. Sí lo soy –se corrigió–, pero sin meterme en lo que no me importa. Y esto no tiene nada que ver conmigo, aunque no pueda entenderlo –frunció el ceño.

–¡Siento habértelo dicho! Espero que no afecte a tu trato con el señor Goodwin –añadió.

–Por supuesto que no. Pretendo ser completamente profesional en esto, Simon. Créeme.

–Bien.

A las cinco y media, en el inicio del crepúsculo otoñal, Alex llegó al ático y se quedó boquiabierta por lo que vio.

La última vez que había estado allí las cortinas habían estado cerradas del lado que las ventanas daban a una piscina. En ese momento estaban abiertas y el agua lanzaba destellos. No solo eso, la azotea se había protegido del frío aire de la noche con una pantalla que le daba un aire de decorado del musical *South Pacific*.

Había una piragua flotando en la piscina, una pequeña playa, plantas tropicales: palmeras auténticas e hibiscos. Camareros y camareras con pareos y faldas de hojas y una agradable música de fondo. Las mesas en las que se hallaban las bebidas y los canapés estaban cubiertas con hojas de palma y adornadas con flores de frangipán.

Estaba tan bien hecho que podía una creerse que estaba realmente en una isla de los Mares del Sur.

Alex cerró la boca y se dio la vuelta para encontrarse con Margaret Winston a su lado.

–Esto es espectacular –dijo en un susurro.

–Hemos hecho todo lo posible –dijo Margaret con una sonrisa–. Deja que te lo enseñe.

Alex se miró. Llevaba una fina blusa negra con lunares gris claro del tamaño de una moneda sobre una camisola negra y una falda del mismo color por encima de la rodilla. Sus piernas brillaban suaves y largas bajo las medias transparentes y sobre los zapatos de ante negro.

Era un atuendo de contenida elegancia, pensó y, aunque se había quedado asombrada por su pelo, no tenía una idea real de la magnitud del cambio que se había operado en ella.

Antes de que Margaret tuviera oportunidad de comentárselo, apareció Max Goodwin.

Hizo un breve pero completo estudio de Alex, contuvo una expresión malsonante y dijo a su secretaria con evidente disgusto:

–¡Por Dios, Margaret! ¿Qué es esto?

Capítulo 3

MARGARET notó que Alex se quedaba petrificada y protestó:
—Pero... señor Goodwin, si está maravillosa.

—¿Maravillosa? —repitió molesto—. Parece...

No terminó la frase porque Alex volvió a la vida, giró sobre sus tacones y se dirigió al ascensor.

Max la alcanzó cuando ya tenía el dedo en el botón y la agarró del codo.

—Si me dejas terminar, Alex —dijo lacónico—. Estaba a punto de decir que estás guapísima.

Alex se dio la vuelta y lo miró incrédula.

—Eso se le acaba de ocurrir —lo acusó tensa—. Por favor, deje que me marche.

—No. Ven conmigo —la llevó a una sala lateral más informal con cómodos sofás y cerró la puerta—. Lo digo completamente en serio.

—Pero eso no tiene sentido —se agarró las manos y se concentró para no echarse a llorar—. ¿Por qué se iba a enfadar por eso?

—Porque lo último que necesitamos —se metió las manos en los bolsillos— es una intérprete que le robe el protagonismo al espectáculo. No solo eso, tampoco puedo permitir que alguien crea que tenemos una relación más íntima.

—¡No creo que haya la menor posibilidad de que eso suceda! —dijo Alex a toda prisa.

—Querida... —la recorrió con la mirada desde la cabeza a los pies–, créeme, lo pensaría yo si te viera con otra persona. Estás increíblemente elegante, es evidente que el negro te sienta bien, hace que tu piel parezca de terciopelo, tus ojos son impresionantes, hoy parecen verdes... y ¿por qué demonios no me habías dicho que tenías unas piernas como para morirse? –añadió irritado.

–Porque no es de su incumbencia –respondió y después se ruborizó–. Quiero decir que... bueno, son solo piernas.

–No, no lo son –le llevó la contraria–. Es el mejor par de piernas que he visto en años. ¿Cómo te las arreglas para parecer... bueno, para tener el aspecto que tenías ayer por la mañana?

–Era la ropa. También llevaba ropa interior térmica –hizo una pausa.

–Sigue, esto es absolutamente fascinante.

–No me preguntó –dijo ella con una sonrisa.

–Tuviste suerte –sonrió él también– de que hiciera un día tan frío aquí.

–Sí –reconoció un poco perturbada–. Aún no sé si creerle.

–No tengo por costumbre mentir.

–Pero... –sacudió la cabeza un poco confusa– era usted quien quería que pareciera más... más así. En realidad estaba convencida de que temía que le pusiera en ridículo.

–Así era –sonrió–. ¿Sabes?, incluso aunque hubieras esperado que hiciera alguna observación desagradable sobre tu aspecto, habría pensado que a ti no te importaría mucho.

Alex se lo quedó mirando parpadeando por tanta sinceridad.

–Estaba convencido de que no te importaba un comino lo que yo pensara.

Pensó en lo que él decía y sintió una marea de color que le subía por el rostro. Se mordió el labio inferior.

–Yo... –empezó a tientas–. Eso es... –hizo un gesto de frustración–. Serán cosas de chicas. Quiero decir que es un terreno en el que no sé realmente qué hacer –hizo una pausa para recuperar la compostura–. No podía evitar preguntarme qué pasaría si mi aspecto no era el adecuado –terminó de decir.

–No, al contrario.

Alex lo miró largamente. Nunca había pensado mucho en la ropa de los hombres antes y no sabía que el traje que llevaba él era del más fino cachemir, pero se daba cuenta de que le quedaba perfecto. Los zapatos sencillamente parecían costar una fortuna. Y si se añadía a todo eso su aspecto oscuro...

Hablando de robar protagonismo al espectáculo, pensó de pronto. Max Goodwin sería quien lo hiciera. Entonces, ¿por qué no estaba casado? ¿Por qué había eludido el matrimonio hasta la mitad de la treintena y por qué no le hacía gracia descubrir que tenía un hijo?

–Alex.

–Perdón –dijo Alex volviendo a la realidad–. ¿Decía?

–No decía nada. Me estabas mirando como si fuera... no estoy seguro –entornó los ojos–. ¿Censurable? ¿O alguien completamente extraño para ti?

–Eso podría ser. Pero... mire, ¿quiere que vaya corriendo a casa a cambiarme?

Se tomó su tiempo para responder, la estudió como pensando lo que le iba a decir, miró el reloj y sacudió la cabeza.

–Ya no tenemos tiempo. Tendremos que seguir adelante. Ignora mi excesiva adulación y...

–¡Señor Goodwin, no soy una chiquilla tonta e impresionable! –le interrumpió.

–No, pero a lo mejor no has aparecido nunca en público vestida como para ocupar la portada de *Vogue*. Además, es parte de la naturaleza humana preguntarse si me acuesto contigo además de contratarte –de nuevo parecía irritado–. ¿Qué estaba diciendo? Ah, que ignores la adulación y no te separes de mí. Por cierto... –frunció el ceño como si hubiese tenido una idea repentina– ¿no habías dicho que te habías contenido a la hora de comprar?

Alex asintió con un brillo de sonrisa en los ojos.

–Había una falda mucho más corta que hacía juego con esta blusa.

–¿Y a Margaret le gustaba?

Alex entornó los ojos sintiendo repentinamente que pisaba terreno peligroso.

–No me acuerdo. Me he probado una cantidad espantosa de ropa. ¿Importa?

–No –dijo de un modo que hacía pensar que no la creía.

Max parecía estarse preguntando qué juego se traía ella con Margaret.

Goodwin dejó un momento de pensar al darse cuenta de pronto de que Alex Hill no solo era guapísima, sino que además era refrescantemente distinta de las mujeres que solía tratar y que en otras circunstancias se habría sentido intrigado y habría querido relacionarse con ella a otro nivel. Un nivel físico, personal, que tendría mucho más que ver con esas asombrosas piernas que con el mandarín...

Sacudió la cabeza para poner fin a esa línea de pensamiento.

–Oh –dijo Alex abriendo el pequeño bolso que llevaba y sacando la placa que le había dado Simon–.

Esto podría ayudar –se la colocó en la blusa–. Así seguro que pareceré parte del personal.

Max no respondió.

El cóctel duró dos horas.

Alex no se apartó del lado de Goodwin y se alegró de hacerlo porque, como él había predicho, atrajo más de una atención.

La gente, al principio hombres la mayoría, estaba ansiosa de que se la presentaran y sentían una profunda decepción al enterarse de que estaba trabajando. Después, cuando hablaba fluidamente en mandarín, muchas de las esposas también se sentían intrigadas y entablaban conversación con ella.

Después de un momento inicial de conmoción, se las arregló para manejar la situación con toda la cortesía posible y se concentró en su papel.

La única ocasión en que estuvo a punto de equivocarse fue cuando escuchó una impertinencia en el sentido que Max había predicho que sucedería.

Le presentaron a Paul O'Hara como un trabajador en prácticas de la oficina de Max Goodwin dentro de su formación para el graduado en gestión de empresas. Además, Max le había dicho que era primo suyo. Tendría unos veinticinco años, aspecto agradable y burlones ojos grises. Le echó una sola mirada a ella y a Alex le quedó claro que se había quedado asombrado.

Pero entonces, Max se había alejado un momento de ella, Paul la miró con el ceño fruncido y en sus ojos se reflejó una pregunta: «¿eres de su propiedad?».

Alex se ruborizó y separó los labios, pero cómo refutar algo así en medio de un cóctel cuando se está trabajando. ¿Cómo hacer algo así con un hombre que le acababan de presentar?

Así que alzó la barbilla orgullosa y se dio la vuelta.

Le supuso un gran esfuerzo recuperar la concentración, pero, afortunadamente, aquel primer evento social era menos formal de los que seguirían y no hubo discursos de bienvenida, nada de conversaciones «llenas de contenido» fuera del salón de reuniones a las que enfrentarse.

Fue más que nada una presentación y el decorado de *South Pacific* encantó a la mayoría de los invitados y relajó mucho las formas. Así que la mezcla de hombres de negocios chinos con ejecutivos de Goodwin Minerals fue un éxito.

Una vez se hubieron marchado los últimos invitados, Alex miró a Max sin decir nada y espiró lenta y ruidosamente. A él le brillaron los ojos.

—Ha sido una gran actuación, señorita Hill. Mi más profunda admiración. Pero ¿tengo razón al pensar que estás agotada?

—Así es como me siento, como si me hubiese pasado una apisonadora por encima —dijo sincera.

—Entonces vete a la sala verde —le indicó—. Te llevaré un reconstituyente.

—Debería irme a casa —dijo Álex dubitativa.

—Es solo un momento. Vamos —tomó un par de copas de champán de la bandeja de una camarera que pasaba en ese momento—. Después de ti.

Alex dudó un poco más, después hizo lo que le decía. Esa vez, la segunda que visitaba la sala verde, se sentó en un sofá y se quitó los zapatos con alivio.

—Lo siento —dijo en un murmullo mientras movía los pies y aceptaba la copa—. Zapatos nuevos —se miró los pies y después lo miró a él—. Menuda fiesta. Supongo que llevará su tiempo desmontar todo eso.

—Margaret y Jake son expertos en ello... son como

generales de campo –dijo con un atisbo de sonrisa–. Los dos se encargarán de dar instrucciones desde abajo durante la noche y mañana ni siquiera sabrás que el Pacífico Sur ha estado en la ciudad –se sentó enfrente de ella y bebió un sorbo de champán.

Max solo había bebido una copa durante la fiesta y ella nada. Alex probó también el champán.

–Está bueno.

–Debe estarlo... es un champán muy caro. ¿En el convento no te advirtieron sobre el alcohol y las oscuras cosas que te puede llevar a hacer? –preguntó irónico.

–Naturalmente no lo aprobaban en absoluto –se puso más cómoda– y raramente se bebía, pero gracias a mi padre sé distinguir entre lo bueno y lo malo.

–Tienes... –hizo una pausa– una compostura innata, Alex. Supongo que será por vivir rodeada por el cuerpo diplomático.

–Puede ser –lo miró con gesto malévolo–. ¿Significa eso que esta noche he pasado más de un examen? –bromeó.

–Ciertamente sí –se frotó la mandíbula y después se quitó la chaqueta y aflojó la corbata–. Bueno –dijo–, mañana tenemos el almuerzo formal, en la Costa Dorada. Tengo allí una casa. Después tendrás tres días libres hasta que empiecen las negociaciones en serio. Yo... –la miró fijamente–. ¿Qué va mal?

Alex tragó y se dijo que no podía sonrojarse como si fuera una niña. Porque el hecho era que la visión de Max Goodwin al estirarse le había afectado drásticamente.

Los músculos de su pecho se marcaban bajo el fino algodón de la camisa. Se adivinaba un vientre plano y el aroma a puro hombre le había resultado delicioso y embriagador. No solo eso, se había visto asaltada por una visión de él desnudo y potente, bronceado y con un moreno pelo rizado...

–Nada –dijo, pero lo que pronunció fue algo indistinguible. Carraspeó–. Nada. No... no he pensado en cómo llegar a la costa mañana –se puso de pie desesperada por marcharse.

–Vas conmigo y luego te llevaré a casa. ¿Seguro que no va nada mal? –frunció el ceño.

–Seguro –bebió un reconstituyente sorbo de champán y, cuando levantó la vista, sus ojos se encontraron con los de él y quedó atrapada en ese profundo azul.

«Estás mintiendo otra vez, señorita Hill», pensó Max mientras la miraba y notaba cómo le latía el pulso en la base del suave cuello. Después su mirada se desplazó hacia abajo y recorrió el sorprendente cuerpo para descubrir que provocaba en él una sensación física completamente inesperada.

Era preciosa, como una hermosa mariposa que había salido de una crisálida. Cualquier hombre desearía acariciar sus cabellos y beber el perfume de su piel, pero además era completamente distinta de las habituales mujeres de la sociedad con las que trataba.

Estaba convencido de que ella era una rara mezcla de talento, inteligencia y también sentido del humor. Era independiente y no tenía ningún problema en señalarle cualquier error.

Todo eso le intrigaba y despertaba en él un deseo de sorprenderla y rodearla con los brazos, de acallar cualquier protesta con un beso, de saber cómo reaccionaría, porque no podía predecirlo.

Un enigma, pensó mientras se metía las manos en los bolsillos para estar más seguro. No podía permitirse de ningún modo tocarla en ese momento. ¿En qué estaba pensando? ¿Estaba loco?

Pero ¿qué la había perturbado hacía un momento?
Y por qué lo miraba en ese momento con los labios separados y ese pequeño latido en la garganta con esos
hermosos ojos tan abiertos, casi como si compartieran
esa inesperada atracción.

Se oyó un golpe en la puerta y Margaret asomó la
cabeza.

—Señor Goodwin, ha surgido un asunto urgente.

—Me voy —dijo Alex rápidamente.

—No —dijo él con decisión—. Termina el champán y
mientras tanto organizaré tu transporte. Vamos, Margaret —salió y cerró la puerta tras él.

Alex respiró aliviada y se recostó en el sofá. Podía
sentir el asombroso calor al ponerse una mano en la
mejilla. Se apoyó la copa en las dos mejillas.

¿Qué le estaba pasando?, se preguntó desconcertada.

¡Jamás en su vida había desnudado mentalmente a
un hombre! Sintió que se volvía a ruborizar y se bebió
dos tercios de la copa de champán de una vez. Después
respiró hondo, dejó la copa vacía en la mesa y apoyó la
cabeza en el respaldo. Max Goodwin la había cautivado, tenía que reconocerlo. Ponía sus sentidos a funcionar de un modo muy físico y desestabilizaba su
equilibrio mental.

Levantó la cabeza. No podía permitirse esa pérdida de control, reflexionó. Por un lado, ¿podía un
hombre que había considerado sus piernas un motivo
de enojo sentirse atraído por ella? Pero por otro lado,
¿qué le había pasado por la cabeza mientras la había
mirado tan intensamente? Había sido como si los dos
hubieran quedado atrapados un instante en una bur-
buja de sensualidad... ¿o había sido solo su imaginación?

Miró al infinito un momento y después sacudió la

cabeza. Entonces pensó que, aunque hubiese existido ese instante de sensualidad, él fundamentalmente era un solitario.

Se miró las manos y pensó en sus padres, de quienes no había tenido oportunidad de despedirse. También pensó en la prima de su padre, la madre superiora, y cómo esa estricta, concienzuda pero adorable mujer también le había sido robada y sintió lágrimas en los ojos.

Pensó en las pocas ocasiones en que había llegado a conocer a hombres que admirara, hombres de los que hubiera podido enamorarse... solo para dejarlos.

Pensó súbitamente en Paul O'Hara y en el gesto de consternación que había mostrado al pensar que ella era de Max Goodwin... ¿por qué?, reflexionó.

Cerró los ojos y se preguntó qué pasaría con su transporte. Definitivamente era hora de irse a casa.

Quizá fue el champán que se había bebido con el estómago vacío, no había ni probado los canapés, o el cansancio por estar dos horas de pie y profundamente concentrada. Fuera por lo que fuera, se durmió.

Cuando se despertó y miró el reloj tras unos instantes de confusión, vio que había dormido un par de horas. Estaba acostada en el sofá, con una almohada bajo la cabeza y una ligera manta de cachemir la cubría. Se sentó horrorizada. ¿Quién la había tapado y puesto la almohada? ¿Quién había decidido dejarla dormir en lugar de mandarla a su casa?

Se pasó las manos por el pelo y buscó su bolso mientras decidía qué era lo siguiente que haría. Abrió el bolso y sacó el móvil... llamaría a un taxi y se iría discretamente.

Se levantó con los zapatos en la mano y salió en silencio de la sala verde. El vestíbulo estaba tenuemente iluminado y no se oía ningún sonido en el resto de la casa, tampoco había más luces. Se dirigió al ascensor con el teléfono en la mano.

Pulsó el botón del ascensor y empezó a marcar para llamar a un taxi, pero no ocurrió nada.

Canceló la llamada y volvió a pulsar el botón del ascensor. De nuevo no sucedió nada y se dio cuenta de que el ascensor estaba cerrado... haría falta alguna clase de clave o tarjeta para hacerlo funcionar. ¿Qué podía hacer?

Si Max se había ido a la cama, lo último que quería hacer era despertarlo. ¿Y Jake?

Entonces recordó a Max diciendo algo de que Jake y Margaret estarían abajo... ¿tenía dos pisos el ático? Quizá los dormitorios del servicio estarían abajo, pero ¿cómo se llegaba a ellos? ¿Había una escalera interior? ¿Un ascensor de servicio?

No había más puertas en el vestíbulo.

Entró de puntillas en el salón, pero estaba a oscuras. Dudó, volvió al vestíbulo y lentamente asumió que pasaría la noche en la sala verde.

Diez minutos después estaba de nuevo en el sofá, con la cabeza apoyada en la almohada y tapada con la manta. Pero estaba completamente despierta.

Se quitó la manta y apagó la lámpara pensando que la oscuridad la ayudaría a dormir.

No fue así. Pensó que tenía que encontrar algún modo de escapar de la prisión en que se había convertido el ático de Max Goodwin. En ese momento oyó lo que parecían voces y un ascensor.

Se quedó petrificada. Había dejado la puerta entornada y pudo oír la voz de Max diciendo:

–Escucha, Cathy... –su tono era de enfado– hace un

mes decidiste decirme que tenía un hijo de seis años del que no sabía nada...

–Max, mira –le interrumpió una voz femenina–. Traté de explicarte en ese momento cómo había sucedido.

–Oh, sí –dijo sarcástico–. Para empezar, ni siquiera estabas segura de quién era el niño –hizo una breve pausa–. Pero entonces, cuando empezaste a sospechar que podía ser mío, tomaste la absolutamente arbitraria decisión de que como no nos llevábamos bien, lo criarías tú y ni siquiera me lo dirías.

La mujer elevó el volumen de la voz y dijo frustrada:

–Max, sabes tan bien como yo que hay algo que sabemos hacer mucho mejor que amarnos: odiarnos.

–Eso no cambia nada mi derecho a saber la verdad –dijo lleno de ira–. ¡Y ahora quieres dejarlo conmigo, un completo extraño! ¿Cómo va a afectarle eso? ¡Seguro que tienes ya otro apoyo!

–Mi madre ha sido siempre mi apoyo. Ha sido maravillosa, pero va a ingresar en el hospital y tengo que estar con ella; además, la niñera se ha marchado. Pero Max... –la voz de Cathy volvió a cambiar– de algún modo... de algún modo tenemos que romper el hielo, tienes que conocerlo. Y Nicky, bueno, es un niño que se adapta muy bien y siempre le he dicho que su padre es una persona maravillosa. De todos modos, ha traído a Nemo.

Alex sacudió la cabeza mientras procesaba toda aquella información y las palabras empezaban a tener sentido. Entonces se levantó y sin preocuparse de los zapatos salió de la sala verde para hacer acto de presencia.

El efecto fue eléctrico. Las dos personas del vestíbulo se movieron convulsivamente.

–Lo... lo siento –empezó a decir tartamudeando.

–¿Qué demonios haces aún aquí? –preguntó Max en tono asesino.

Y Cathy, probablemente la mujer más guapa que Alex había visto en su vida, murmuró:

–¿Sin los zapatos? Me sorprende, siempre habías tenido buen gusto con las mujeres, Max.

En ese momento, mientras Alex miraba incrédula a la otra mujer, una agobiada Margaret salió del ascensor.

–Está bien, está dormido –dijo inmediatamente a Max–, pero acabo de acordarme de la señorita Hill. Parecía tan tranquila que la dejé dormir, pero no he tenido oportunidad de decírselo a nadie y cuando usted y la señorita Spencer –hizo un gesto hacia Cathy– decidieron subir a... bueno, a hablar de sus cosas, de pronto recordé que tenía que hacer algo... –su voz se desvaneció.

A las once de la mañana siguiente. Alex esperaba nerviosa en el exterior de la oficina de Max Goodwin.

Fue Margaret quien llamó un taxi la noche anterior. Una Margaret lo suficientemente alterada como para perder su infinita compostura y llegar a murmurar distraída.

–¿Cómo puede presentarse así con él? No puedo creerlo. Y no lo separarán de Nemo –la expresión de Margaret mientras pronunciaba la última frase estaba llena de desesperación y horror.

Alex no había pedido explicaciones, pero la mayor parte de los dramáticos acontecimientos de la noche le habían quedado claros. Pensaba que si el niño rechazaba ser separado de su pez, eso no era muy serio, pero todo lo demás que había oído hacía que compartiera los sentimientos de Margaret. ¿Cómo podía comportarse así una madre?

No tenía ni idea de qué más había sucedido durante la noche, pero había esperado recibir una llamada esa mañana comunicándole que prescindían de sus servicios. No sentía que tuviera que avergonzarse de nada, pero había colocado a Max Goodwin en una situación incómoda.

Se miró. Llevaba un traje pantalón de lino marrón coco sobre una blusa de seda beige con cuello chino y unos tacones bajos del mismo color. Llevaba la placa prendida de la solapa del traje. El pelo estaba perfecto.

Los acontecimientos de la noche anterior le habían hecho dormir mal. El adorable rostro de Cathy Spencer resultaba difícil de olvidar...

Tendría alrededor de treinta años, había decidido Alex, un largo cabello oscuro y el rostro en forma de corazón con una amplia frente. Los ojos azules y unas tupidas pestañas. Una boca provocativa y un largo y fino cuello. Nadie habría pensado que era madre viendo su tipo.

Pero ninguna descripción de su físico podría capturar, ¿cuál era la palabra adecuada?, la pasión, el brillo, el calor de la vitalidad de Cathy, había decidido Alex durante su noche de insomnio.

La otra cosa que la había mantenido despierta había sido su propia confusión.

Había estado el impacto físico de Max Goodwin, la anchura de sus hombros, su altura y elegancia, su rostro indescifrable pero interesante y su atractivo sexual que la había impactado durante su segundo encuentro en la sala verde.

En ese momento, cuando había pensado que él estaba tan cautivado por ella...

¿Cómo podía seguir creyéndolo? ¿Cómo podía competir ninguna mujer con Cathy aunque la suya fuera una relación de amor-odio? Y no solo eso, era la madre de su hijo...

Volvió al presente cuando se abrió la puerta del despacho de Max y salió este con un niño a su lado.

Alex abrió la boca. No había duda sobre de quién era hijo, el mismo pelo, los mismos ojos azules. También era muy alto para tener seis años. Llevaba unos pantalones azules de pana, un suéter azul y en una mano llevaba una mochila. En la otra mano sostenía una correa que estaba unida a una bola gris con pintas negras... un cachorro de pastor australiano de tres o cuatro meses. El cachorro levantó las orejas, avanzó hacia Alex y ladró.

–Nemo –dijo el niño–, no. No está bien.

Así que ese era Nemo, pensó Alex conteniendo una carcajada. No le sorprendía que Margaret se hubiese mostrado tan preocupada la noche anterior.

Se puso de pie e inclinó la cabeza.

–¿Qué tal, Nemo? –dijo al perro–. Tengo que decir que no me pareces un pez payaso –se agachó a acariciar al cachorro y fue recompensada con entusiastas lametones que le hicieron reír y decir al niño que su perro era adorable.

–Nunca ha parecido un pez payaso –dijo el niño–. Solo es que quería que tuviera un nombre distinto. ¿Qué tal? –añadió–. Soy Nicholas. ¿Eres mi nueva niñera?

Alex miró a Max. Él no dijo ni una palabra, simplemente absorbía la representación que hacía el niño, el perro y Alex.

–No, Nicky –dijo finalmente–. Es mi intérprete. ¿Te he hablado de la comida de hoy? –el niño asintió–. Bueno, ella va a venir con nosotros. Se llama Alex.

Margaret salió de detrás de su mesa llevando una cesta para perros.

–He traído esto, señor Goodwin, para Nemo. En el coche. Es impermeable por si... –se encogió de hombros.

Max Goodwin, Alex se dio cuenta de que parecía menos vital de lo habitual, se estremeció ligeramente.

–¿Dónde está mi nueva niñera? –preguntó Nicky.

–Bueno, de momento tenemos un ama de llaves que está encantada de cuidarte. También estará Jake... ¿te acuerdas del Jake de anoche?

–Sí –dijo el niño sin ninguna entonación, después añadió en un tono más agudo–: ¿Ha dicho mi mamá cuándo va a volver?

–Lo antes posible, Nicky –dijo Max–. Yo...

–Por favor, ¿podrías ser tú mi niñera, Alex? –interrumpió el niño–. Al menos te gusta mi perro y tú le gustas a él –una lágrima solitaria le corrió por la mejilla.

Hubo un silencio y Alex se irguió lentamente y se descubrió pensando que las madres que les hacían algo así a sus hijos no tenían sentimientos.

–Nicky –dijo con tranquilidad mientras tomaba la mano del niño–, me encantaría, pero tengo otro trabajo que hacer, así que...

–Podríamos... fundir ambos trabajos –dijo Max–. Tienes tres días libres desde mañana –le recordó–. ¿Hay algo que no puedas cancelar?

–Bueno, no, pero...

–¿Sería imposible que pasaras tres días en las islas Sovereign con Nicky? Es un lugar muy agradable.

Alex negó con la cabeza indefensa y abrió la boca, pero Max miró su reloj.

–Tenemos tiempo de pasar por tu casa, Alex, así podrás llevarte algo de equipaje –se volvió a Nicky–. No podrá estar contigo todo el tiempo, pero sí algo. ¿Qué te parece?

–¡Estupendo! –gritó y Nemo ladró lleno de alegría.

Alex se quedó mirando a Max estupefacta.

–No puedes decepcionarlo, ¿verdad, señorita Hill? –dijo arrastrando las sílabas.

Alex se mordió la lengua para no pronunciar palabras como «chantaje» y frases mucho más desagradables.

–No –dijo tensa.

Capítulo 4

LAS ISLAS Sovereign estaban en las aguas de la Costa Dorada en el parque nacional del Broadwater, Alex lo sabía, posiblemente uno de sus más prestigiosos lugares. Algunas casas no eran mansiones por muy poco, las demás lo eran todas. Todas tenían acceso desde el agua o estaban conectadas con el mar por canales.

El parque estaba protegido de los embates del océano por la isla de South Stradbroke y era un paraíso para los barcos que compartían el espacio con aves que iban desde los pelícanos, ostreros, zarapitos migratorios, hasta los milanos, águilas de mar incluso los raros jabirús de patas rojas, enormes aves que parecían bailar en las aguas poco profundas.

Había delfines y wallabís en Stradbroke.

La ciudad de la Costa Dorada hacia el sur era una meca de sofisticadas tiendas y restaurantes, pero fuera de allí, se podía sentir como si se estuviera a millones de kilómetros de ningún sitio.

Llevaban un cuarto de hora en el Bentley por la autopista después de que Alex hubiera metido algunas cosas en una bolsa. A causa de la presencia de Nicky, la conversación se había limitado a aspectos irrelevantes sobre el inminente almuerzo. Nemo, por suerte, durmió la mayor parte del viaje.

Nicky había informado de que el cachorro aún mordía las cosas y ocasionalmente olvidaba sus hábitos higiénicos, pero mejoraba cada día. También confería sentido al hecho de que Nicky quisiera que su niñera fuera ella. Nemo, si Alex podía juzgarlo, sería una prueba para muchas niñeras, incluso aunque les gustasen los perros.

Max había recibido aquella información sin hacer ningún comentario, pero la mirada de soslayo que había dedicado a Alex le había hecho desear echarse a reír.

Era lo único que le había parecido gracioso de todo aquello. Aún estaba molesta y preocupada por la situación en que se había visto envuelta.

La mansión de Goodwin daba al norte y tenía tres volúmenes. Era de diseño toscano, de terracota, con dos pisos y tejado de teja. Las paredes eran de color salmón. La puerta de entrada estaba flanqueada por columnas. Permaneció abierta mientras Max llevaba el coche hasta el final del camino de forma semicircular. Un aparcacoches vestido con chaqueta roja y pantalones negros entró en acción.

Abrió la puerta de Alex y la ayudó a salir del coche. Max salió y le entregó las llaves dándole las gracias por su nombre: Stan.

Stan devolvió el saludo y aseguró a Max que metería el Bentley en el garaje con mucho cuidado. No mostró ninguna sorpresa por la presencia del niño y el perro, así que Alex supuso que las noticias ya habrían llegado.

Respiró hondo y subió los cuatro escalones con cuidado por los tacones a los que no estaba acostumbrada seguida por Max y su hijo.

El vestíbulo era fresco y umbrío y llevaba hasta una enorme terraza con balaustrada de piedra que era luminosa y llena de color y daba a las brillantes aguas de Broadwater.

No había ningún invitado en la terraza, pero sí una mujer que dirigía a unas cuantas camareras. Y Jake Frost estaba al mando de todo.

Había dos grandes mesas decoradas de un modo tan hermoso que Alex abrió los ojos de par en par. Además de un magnífico servicio y una preciosa cristalería, las mesas estaban decoradas con pensamientos y violetas. Los cubiertos tenían el mango de marfil con ribetes dorados. Las servilletas eran de lino del mismo color salmón que las fachadas. Las jarras de agua tenían unas delicadas filigranas de oro.

Era una obra de arte, concluyó Alex, y si se le añadían los limoneros y naranjos en tiestos de terracota que salpicaban la vista, el efecto era mágico.

–¡Guau! –dijo Nicky, a lo que Nemo añadió su aprobación.

–Bueno, jovencito –dijo Jake a Nicky–. Tenemos algo especial para ti. Tu película favorita y una hamburguesa para comer. Hola, señorita Hill. Y tú, Nemo, acompáñame también –se llevó al niño y al perro, pero Nicky se volvió a despedirse de Alex con la mano.

–No te olvides de que eres mi niñera.

Jake se detuvo y la miró por encima del hombro con el ceño fruncido.

–Un ligero cambio de planes, Jake –dijo Max–. No he tenido oportunidad de decírtelo. Alex... ayudará. Por cierto, se va a quedar aquí unas cuantas noches, su maleta está en el coche. Se me había olvidado.

–¡Alex! –llamó Nicky.

–No lo olvidaré –prometió ella antes de volverse a Goodwin cuando el niño desapareció dentro de la casa.

–Aprecio de verdad que hagas esto solo por la bondad de tu corazón, Alex.

–Lo hago solo porque no me ha dado otra opción –respondió cortante–. ¡Sin ser cruel con los niños y los

animales! –añadió con ironía–. Mire, comprendo su...
–sacudió una mano en el aire como buscando la palabra adecuada– dilema...

–¿Por qué no una expresión mejor? –la interrumpió
él–. Mi desastrosa situación familiar, diríamos.

–Lo que sea. No es de mi incumbencia, pero no me
gusta que me manipulen así. ¿Qué? –preguntó cuando
vio que él miraba por encima de ella.

–Los invitados han llegado.

Fue una comida para recordar con un aire de irreali-
dad.

Max presidía una mesa con Alex a un lado y su vi-
cepresidente al otro seguido del señor Li. Paul O'Hara
estaba en la misma mesa en el extremo opuesto de
Alex y una vez más no pudo ocultar su admiración
cuando su mirada se encontraba con la de ella.

La comida estuvo a la altura de la decoración. Los
discursos fueron cortos y habían sido preparados y dis-
tribuidos en los dos idiomas así que, de nuevo, fue con
la conversación con lo que tuvo que bregar Alex. Empezó tartamudeando un poco hasta que consiguió sacar
de su cabeza todo lo que había pasado.

Finalmente terminó todo y los invitados empezaron
a marcharse.

Permaneció de pie al lado de Max, un paso por detrás mientras se despedía. Pero cuando el último de los
invitados se marchó, Paul O'Hara se acercó y ella se
dio la vuelta con bastante precipitación y los tacones la
traicionaron y se cayó torciéndose el tobillo.

Max se acercó y la levantó del suelo.

–Luego estoy contigo, Paul –dijo él por encima del
hombro.

Mientras Max no miraba, Alex volvió a ver ese gesto

de preocupación en el rostro de O'Hara y de nuevo se preguntó por qué... antes de apartar la mirada.

–No hace falta... –empezó ella.

–No digas nada –dijo Max y la tomó en brazos para llevarla a un pequeño salón en penumbra.

La dejó en un sillón, cerró la puerta y acercó un reposapiés. Se quitó la chaqueta, aflojó la corbata y después se sentó en el escabel y levantó el tobillo de ella, que apoyó en el regazo para quitarle el zapato, todo con exquisito cuidado.

–Tenemos que hablar de todos modos, Alex. Sería justo decir que he estado literalmente acorralado, lo que no me ocurre con frecuencia –dijo en tono seco–. Así que necesito toda la ayuda que pueda conseguir – empezó a masajearle el tobillo–. ¿Esto se puede quitar? ¿La media?

–Por supuesto.

–Me refiero a si ella sola o son dos...

–Es una sola –sonrió.

–No habría pensado de ti que fueras una chica de liguero, pero...

–Habría tenido razón –respondió con gesto serio–. Son hasta la rodilla –se levantó la pernera del pantalón para mostrarle el final de la media.

–Oh, bueno, seguro que son prácticas, pero...

–¿No muy seductoras? No, no lo son. Ay –exclamó cuando la media pasó a la altura del tobillo–. ¿Por qué está acorralado si sabía de la existencia de Nicky desde hace un mes? –lo miró fijamente–. Lo siento, pero no pude evitar oír y... –hizo una pausa y después decidió no seguir.

Él no respondió de inmediato. Sus dedos estaban fríos cuando empezó a darle masaje y había algo hipnotizador en ellos. El dolor empezó a atenuarse.

Había también algo irreal en todo aquello, pensó de

pronto. Allí estaba ella, extremadamente enfadada con un hombre que encontraba diabólicamente arrogante, pero sin molestarse porque la estuviera tocando. Estaba sentada con el tobillo entre sus dedos.

No suponía un gran esfuerzo de imaginación pensar en esos dedos explorando su cuerpo y proporcionándole una sensación de bienestar, por no decir de chispeante sensualidad... sintió frío y calor solo de pensarlo.

–Al principio no quería creerlo –dijo Max finalmente–. Incluso cuando se demostró ser verdad, yo... yo sencillamente no podía visualizarlo. No había visto a Cathy en más de seis años. Se fue a vivir a Perth, que está muy lejos de aquí. Casi es otro país, además mis oficinas están aquí –dejó de darle masaje y alzó la vista para mirarla–. No podía creer que fuera cierto, pero no podía discutir el análisis. Y seguía furioso con Cathy, pero seguía pensando... un hijo... Así que decidí volar inmediatamente a Perth, pero Cathy me pidió que no lo hiciera. Me dijo que necesitaba un poco más de tiempo para que Nicky se hiciese a la idea –se encogió de hombros–. He estado en ascuas desde entonces.

–¿Y ahora? –preguntó Alex.

–¿Ahora? Ha sido como un puñetazo en el estómago. Lo primero que me dijo anoche fue: «¿de verdad eres mi padre? No creía que tuviera ninguno». ¿Ahora? –repitió con un movimiento nervioso de la mano–. No descansaré hasta que sepa que tiene un padre en quien puede confiar.

Había dicho todo aquello tranquilamente, pero Alex notaba la intensidad que había detrás de sus palabras. Miró al infinito y parpadeó para contener las lágrimas.

–Y eso es todo –dijo Max a modo de resumen masajeando el tobillo–. Estoy dispuesto a llegar donde haga falta para sacar esto adelante. Y tú –la miró intensamente– pareces tener una habilidad instintiva para manejar a los niños. ¿Cómo es eso?

–En el convento solíamos tener niños del oeste, de la zona de Dirranbandi, Thargomindah y por ahí con bastante añoranza de sus hogares al principio... me salió de un modo natural.

–¿Te resultaría muy difícil ayudarme un poco con Nicky? –pidió–. ¿Lo vivirías como una terrible degradación desde tu posición de intérprete? –sonrió.

–No, por supuesto que no. Es solo el modo en que lo ha planteado.

–Tenía que pensar deprisa –murmuró–, pero te pido perdón.

–Lo único es... –parecía incómoda– es que no me parece bueno que se vincule a mí.

–No, pero para cuando termines, su abuela estará mejor, volverá con su madre y él y yo tendremos que ver cómo hacemos para conocernos mejor.

–Gracias –recuperó el pie–. Estoy mejor y creo que un poco de hielo acabará de resolverlo. Esto... No, no me importa echar una mano con Nicky unos días. Al menos hasta que comprenda... no puede ser más que eso.

Max se puso en pie y caminó hasta la ventana con las manos en los bolsillos.

–Supongo que te estarás preguntando cómo ha podido suceder esto.

–En realidad, no –no tenía intención de conocer la evidentemente tortuosa relación entre Max y la madre de Nicky, aunque inquirió–: ¿No hay posibilidad de que dejen atrás sus diferencias... por Nicky?

Se giró a mirarla con un rostro que estaba lleno de líneas de dureza.

–Ella tenía razón. Era lo mismo el cielo que el infierno. De cualquier modo –se encogió de hombros–, es inconcebible que me ocultara su existencia. ¿Encuentras eso fácil de perdonar?

Alex se levantó y apoyó el pie con cuidado. No parecía estar muy mal.

—No creo que eso ahora tenga sentido, la cuestión es qué es lo mejor para su hijo. Pero mire, no tiene nada que ver conmigo. Así que si me perdona, voy a ir a buscarlo.

Llegó a la puerta antes de que él dijera nada y lo que planteó fue una pregunta que le provocó la mayor incomodidad.

—¿De qué huyes, Alex?

Se dio la vuelta muy despacio.

—¿A qué se refiere?

—No lo sé —se frotó la mandíbula—. Es que he tenido la sensación de que no podías esperar para salir de aquí.

—No —tragó saliva—. No es así, estoy bien, quiero decir que solo quiero cambiarme y tomarme una taza de té. Eso es todo.

La miró detenidamente. Su asombrosa transformación, el elegante y discreto traje pantalón, los zapatos en la mano y su expresión... La de alguien atrapado entre el diablo y el océano, decidió.

¿Por qué? ¿Una sensación de disgusto moral? Algo quizá no tan inesperado en una chica con una formación muy religiosa. Además, aunque se había equivocado y a primera vista había pensado que tendría dieciocho años, resultaba ser muy madura en muchas cosas para tener veintiuno. Lo había hecho excepcionalmente bien como intérprete; no había duda de que poseía una gran inteligencia. La cuestión de la carne sin embargo, podía ser... otro tema, reconoció.

¿Habría estado alguna vez con un hombre por amor o por lujuria?

¿Por qué se preguntaba eso?

–De acuerdo –dijo bruscamente–. Lo siento. Debería haber dicho al ama de llaves que te enseñase tu habitación. Tengo un par de horas libres para dedicarle a Nicky. Creo que me los llevaré a él y al perro a la playa –sonrió–, así que puedes relajarte y poner el pie en alto.

El ama de llaves no solo le enseñó la casa, también le llevó té y hielo para el tobillo.

Era una habitación de invitados deliciosa. Las paredes eran de color azafrán y las tres altas ventanas tenían marcos de madera color crema y cortinas de percal. El suelo era de tarima y la cama doble y las mesillas eran de madera de haya. Había dos gruesas alfombras a los dos lados de la cama y un jarrón de cristal con tulipanes encima de una cómoda.

El cobertor de la cama era un poco más oscuro que las paredes y la cama estaba llena de almohadones con funda de seda de color berilio claro y lavanda.

El cuarto de baño era una elegante mezcla de mármol, cristal y cromados.

Había una puerta que comunicaba con otra habitación. Miró por ella y vio que estaban las cosas de Nicky.

Se dio una ducha rápida. Ya le habían deshecho el equipaje y se puso unos vaqueros y una sudadera. Se quitó las lentes de contacto y suspiró de alivio al ponerse las gafas. Después se sentó en un sillón que miraba al mar.

Podía ver un trozo del canal verde que cruzaba un yate en dirección norte. El agua era cristalina y soplaba una ligera brisa, así que el yate tuvo que virar. ¿Adónde irían?, se preguntó.

Se sirvió el té. Había cuatro clases diferentes de pastas para elegir.

Pero no era la cuestión de qué deliciosa pasta comerse la que ocupaba su mente, las ignoró por completo, era la cuestión de cómo Max Goodwin la había calado con tanta agudeza.

Estaba huyendo, mentalmente. Huyendo de la poderosa atracción que sentía por él y que amenazaba con superarla, con hacerla explotar.

Bebió de la taza y apoyó la cabeza en el respaldo. ¿Cómo podía haber ocurrido en tan poco tiempo? Apenas lo conocía, pero una parte de ella se burló por pensar algo así. Porque la cuestión era que parecía absorber la esencia de Max por los poros.

Y no era solo su mente o esa austera buena presencia. Disfrutaba de su compañía. Sentada a su lado durante la comida, se había olvidado de todo lo que sentía. Incluso aunque había tenido que concentrarse, había gozado de la experiencia. Había apreciado su ágil ingenio y debía reconocer que tenía una faceta carismática que fascinaba y no solo a ella.

Pero lo físico también la había tocado: sus manos, el modo en que inclinaba la cabeza y apoyaba la mandíbula en los dedos cuando contemplaba algo... ¿por qué la afectaba eso físicamente? ¿Por qué hacía que un estremecimiento le recorriera la espalda?

El curioso encuentro que acababan de tener, cuando la sensación de sus dedos en el tobillo había despertado en ella un sinfín de sensaciones, una sensación de delicia que le paraba el corazón.

Nunca le había ocurrido antes, en parte sin duda porque nunca antes ningún hombre había estado realmente cerca de ella, y eso le había hecho sentir una falsa sensación de seguridad, ¿cómo decir? ¿Había dudado de su capacidad de sentir esa clase de cosas?

Se frotó la frente y pensó en Paul O'Hara. Era difícil no sentirse algo halagada por sus silenciosos cum-

plidos. Había sido un agradable compañero de almuerzo, con buena conversación, ingenioso y era evidente que había buena conexión entre Max y él, pero
no había provocado en ella otra respuesta que la de
sentirse bien con él. La atracción casi instantánea de
Paul le había recordado a su padre, pensó con una sonrisa en los labios. Siempre había proclamado que había
visto el perfil de su madre en medio de una multitud en
una fiesta de Nochevieja y se había enamorado de ella
antes de conseguir llegar a su lado.

Pero también estaba la preocupación que había
visto dos veces en la mirada de O'Hara; algo le decía
que esa preocupación era por ella. Sí, posiblemente ese
día solo había sido un tobillo torcido, pero el día anterior había sido esa interrogación sobre su relación con
Goodwin.

Se quedó más tranquila al pensar que como miembro de la familia, el primo de Max probablemente sabría mejor que nadie que Max y Cathy jamás deberían
haber estado juntos.

Pero llevaban separados seis años, ¿no? Y en todo
ese tiempo él había dicho que nunca había pensado en
ella.

Se quedó mirando por la ventana. Por otro lado,
tampoco se había casado con nadie en seis años y, seguramente, si hubiera una mujer significativa en su
vida, estaría presente en todas aquellas recepciones a
la delegación china.

Sacudió la cabeza y se obligó a concentrarse en lo
que era el quid de la cuestión para ella: Max no era
para ella y había aprendido dolorosamente una cosa en
la vida: perder a la gente que se ama puede producir
mucho sufrimiento.

Incluso después de cuatro años podía recordar perfectamente el vacío que la muerte de sus padres había

dejado en su vida. La incredulidad, la certeza de que se trataba solo de una pesadilla, y cómo había esperado durante meses que en cualquier momento entrasen por la puerta. La soledad, los ataques de pánico porque estaba tan sola.

La muerte de la madre superiora no había sido tan completamente inesperada, pero tampoco había sucedido tras una larga enfermedad y el terrible vacío que había dejado le había recordado mucho al anterior.

Y seguramente Max Goodwin tenía todas las señales de no ser para ella... Se movió en el asiento. No era solo eso. Aparte de ese instante en que había pensado que él también sentía que había algo entre ellos, no había dado ninguna otra señal de que estuviera afectado por la extraña fiebre, esa insaciable sed...

Tuvo que sonreír ligeramente por su florida imaginación, pero al mismo tiempo era una sonrisa llena de deseos. Y se descubrió preguntándose si en realidad ella sería esa mujer en la vida de él en ese momento, quizá no muy significativa, pero...

Se sentó y dejó la taza al oír un sonido que indicaba que Nicky y Nemo habían vuelto de la playa. Tenía que tener mucho cuidado. Ya era malo tener a su padre en el corazón, ¡cuánto peor a los dos!

Así que sí, era correcto decir que estaba huyendo. Solo tenía que procurar que fuera menos evidente. Tenía que estar en guardia, pero al menos los tres siguientes días podía ser práctica.

No se reunió con Max hasta la cena.

No había planeado cenar sola con él, pero cuando había sugerido al ama de llaves que podía cenar con el resto del servicio, rápidamente le habían sacado la idea de la cabeza.

Le habían dicho que el señor Goodwin había encargado la cena para las siete y media, con la señorita Hill.

Se sentaron en la terraza a una mesa pequeña. Las mesas grandes habían sido retiradas y se habían bajado las persianas de plástico para protegerlos del frío de la noche.

La cena fue deliciosa y elegante.

—¿Qué tal con Nicky después de que hemos vuelto de la playa? —preguntó Max mirando alrededor con una sonrisa—. Está todo muy tranquilo y silencioso.

—Bien. Hemos estado dibujando y pintando. Es muy artístico. Luego hemos jugado a la Oca y después ha cenado —sonrió de pronto—. Pidió barritas de pescado para horror del ama de llaves, no tenía, pero al final se conformó bien con pescado fresco y patatas fritas —hizo una pausa y se llevó la copa de vino a los labios antes de seguir—. Su anterior niñera, si no su madre o su abuela parecen haberlo educado en una buena rutina. A las siete, después de dar un paseo a Nemo, estaba listo para irse a la cama sin protestar —hizo otra pausa—. Le llama Max.

Max la miró pensativo. Se había quitado la ropa de etiqueta y de nuevo vestía extremadamente informal: vaqueros y sudadera. También había desaparecido el maquillaje, aunque no había sido capaz de devolver a su pelo el aspecto de maraña anterior. También habían vuelto a aparecer las gafas. Pero sin las capas de ropa que llevaba el primer día, las formas de su cuerpo podían apreciarse de un modo evidente. Incluso se descubrió pensando que era una pena que esas hermosas piernas estuvieran cubiertas...

—Sí —dijo—. Parece tener un poco de dificultad con «papá», así que se lo he sugerido yo.

—¿Qué tal con él? —preguntó mientras volvía a comer.

–Es desconcertantemente parecido a mí en algunas cosas –apartó el plato.

–Eso no es sorprendente –dijo Alex con una mirada llena de sentido del humor–. ¿En qué cosas en particular?

Max miró hacia las luminarias y Alex siguió la línea de la mirada con sus ojos.

–No es muy confiado.

–¿Cree que ella, su madre...? –bajó la vista y miró al plato.

–¿Qué? –preguntó él.

–Nada –murmuró apartando también el plato–. Estaba delicioso. ¿Sería mucho pedir que me tentaran con un postre que no pueda rechazar?

–¿Pienso que su madre qué, Alex?

–Mire, no es de mi incumbencia.

–Ya me has dicho eso antes, pero estás virtualmente reemplazándola y hemos pasado juntos algunas horas, tú y yo, codo con codo.

Alex alzó la vista y encontró en los ojos de él una respetable cantidad de ironía. Inspiró.

–Eso no significa que decir...

–Oh, ¡decirlo en voz alta! No serías humana si no fueras curiosa –dejó la copa vacía en la mesa.

–¡De acuerdo! –frunció el ceño–. ¡Me preguntaba cómo habría explicado su ausencia y al mismo tiempo le decía que era maravilloso!

–No tengo ni idea –dijo de mala gana. Cerró los ojos brevemente–. Cathy era, seguramente aún lo es, como Sherezade. Es una artista, pinta, y si existe el temperamento artístico, ella lo tiene a paletadas. Es quijotesca, puede hacer que la vida con ella sea una cueva de Aladino de los deleites o todo lo contrario. Va y viene entre tú y su arte, o lo que sea que atraiga su atención. Es imposible de retener, pero puede ser irresistible. Puede haber contado cualquier historia a Nicky. Lo que puede no haber tenido en cuenta es... –se detuvo y se encogió de hombros.

–Solo que siempre hay un límite por encima del cual no se puede evitar desconfiar. ¿Ha superado Nicky ese umbral?

Durante un largo momento el único sonido que se escuchó fue el del agua golpeando en el embarcadero. Después les llegó el sonido de la loza proveniente de la cocina y el aroma del café. Max dijo:

–Eres extraordinariamente perceptiva para tu edad y haber vivido en un convento. ¿Cómo es posible?

Alex apartó su copa de vino y lo miró con un ligero atisbo de prepotencia.

–Yo no pondría mucho énfasis en mi pasado en el convento. Leía furiosamente y discutía con mis padres desde una edad muy temprana. No puede decirse que haya recibido una educación clásica. Lo bastante para saber, sin embargo, que las relaciones son de todas las formas y colores. Además, solo hay que mirarla a ella para ver el atractivo que tiene y solo hay que escucharla para notar que en ella hay fuego y pasión, sea o no equivocada –hizo una pausa–. Y si me perdona por decirlo, señor Goodwin, no hace falta conocerlo desde hace mucho para darse cuenta de que si no consigue lo que quiere, su umbral de tolerancia es bastante bajo.

–Gracias –dijo con cortesía–. Dices eso como si fuera algo que te has estado muriendo de ganas de decir. Así que es eso –añadió.

–¿Es qué? –pareció desconcertada.

–Solidaridad femenina. Has decidido que soy el villano de la función a pesar de tu poco clásica educación.

Alex se vio obligada a esperar a que se marchara el ama de llaves. Mientras esperaba reflexionó sobre que aquello no era un prejuicio: era el villano, estaba completamente convencida de que había dos versiones de la historia y la solidaridad femenina no era algo a lo que se entregara sin meditarlo.

No podía permitirse decirlo, así que arrancó una uva del racimo que había llevado el ama de llaves y se encogió de hombros.

Max murmuró algo y se pasó la mano por el pelo en un gesto de impaciencia.

Por alguna razón, Alex notó que una sonrisa le temblaba en los labios.

—No encuentro nada divertido —dijo él cortante.

—No, es solo... —dudó un instante—, bueno, si ha estado pensando que me moría por decir algo, yo también he detectado que tenía una gran urgencia por decir: «¡mujeres!».

La miró sin expresión, después una sonrisa empezó a dibujarse en sus labios.

—Tienes razón —la sonrisa desapareció.

Alex dejó la servilleta en la mesa y pensó en una excusa para marcharse.

—¿Has estado enamorada alguna vez? —dijo él mirándola a los ojos.

—No —apartó la vista en cuanto respondió.

—¿O algo parecido? —insistió él.

—Realmente no, ¿por qué quiere saberlo?

La miró un momento en silencio y después dijo:

—Quizá tomarías en consideración, entonces, que incluso una educación clásica no te prepara para... —hizo una pausa— las subidas y bajadas, por no mencionar los misterios, de una relación.

Alex no era capaz de pensar en nada que decir para excusarse. Max se puso de pie.

—Voy a trabajar un poco, por favor, dispón del estudio... hay una televisión, libros, lo que quieras. Buenas noches –se dio la vuelta y desapareció dentro de la casa.

Alex lo miró irse y se dio cuenta de que estaba al borde de las lágrimas. Sus palabras, antes de excusarse y desaparecer, habían sido serenas, pero las líneas de su rostro habían revelado una tensión interior, incluso un tormento, que llevaba de vuelta directamente a Cathy, y su corazón sangraba por él...

Max se sirvió una copa de brandy y se encerró en su estudio. Se sentó tras la mesa, rodeó con los dedos la copa y examinó algunos puntos de su conversación con Alex.

Pensó en las subidas y bajadas que había experimentado con Cathy y las cicatrices que le habían dejado. En los seis años que habían pasado desde que sus caminos se habían separado no había dejado que ninguna mujer estuviera muy unida a él a pesar de que se había dicho en infinidad de ocasiones que aquello se había acabado.

Qué irónico que la prueba de todo eso procediera de una chica que jamás habría pensado que fuera su tipo aunque, en cuestión de días, se había colado en la pantalla de su radar... ¿y en su corazón? ¿Por qué si no estaba tan contento de que estuviera en su casa? ¿Por qué si no apreciaba tanto que estuviera con Nicky, el niño que tan rápidamente le había cautivado el corazón? Y era evidente que lo había preparado todo para que lo acompañara en la cena, que ansiaba saber más de ella, y no podía negar que se sentía físicamente atraído.

Bebió un sorbo de brandy y cruzó las manos detrás de la nuca. ¿Por qué si no le resultaba tan molesto pensar en ella al lado de Cathy...?

Pero eso era solo un ejemplo de por qué Alexandra

Hill no era para él, o más exactamente, por qué él no era para ella; esa chica con su pasado encontraría su historia vital desagradable.

Una chica que nunca se había enamorado... ¿se merecía a alguien como él o a un joven con una trayectoria limpia? ¿Una oportunidad para desplegar las alas y disfrutar?

Frunció el ceño mientras dejaba vagar su pensamiento.

¿Por qué había pasado todo aquello precisamente en el momento en que era evidente que la mejor forma de resolver la situación de Nicky era casarse con su madre?

Capítulo 5

LOS TRES siguientes días fueron fundamentalmente tranquilos.

Jake y Max habían vuelto a Brisbane y la casa se
relajó un poco.

Alex y Nicky recorrieron la isla con Nemo, se ba-
ñaron, fueron caminando hasta Paradise Point, el lugar
más cercano con comercio pasearon y pescaron en el
embarcadero.

La zona de la piscina en la villa era especialmente
bonita. En medio de un jardín rodeado por un muro,
la piscina estaba en el centro de una pradera de césped y los muros estaban cubiertos de plantas trepa-
doras; la madreselva y el jazmín llenaban el aire con
su aroma compitiendo con las magnolias de los árbo-
les.

En una de las esquinas había un cenador con tejado
en forma de cúpula. Tenía un aire oriental y a Nicky le
encantaba. Pasaban horas jugando allí.

Un niño muy normal, pensaba Alex la mayor parte
del tiempo, aunque su negativa a separarse del perro
hacía que de vez en cuando pensara que se parecía bastante a su padre. Siempre conseguía lo que se propo-
nía.

Por fortuna, el ama de llaves, la señora Mills, además de hacer muy bien su trabajo, se llevaba bien con
niños y perros. Entre ella y Alex habían conseguido

pactar algunas normas para Nemo y Nicky, algunas zonas absolutamente vedadas y algunos rituales, entre ellos los paseos frecuentes. La señora Mills también tenía un nieto de la edad de Nicky que vivía cerca, y los dos niños se habían hecho amigos.

Max llegaba a casa sobre las cuatro de la tarde, pero las dos primeras noches hubiera vuelto a Brisbane después de que Nicky se había ido a la cama.

El tercer día, sin embargo, llegó pronto por la tarde y les dijo que se quedaría allí a pasar la noche y que Alex trabajaría con él al día siguiente. Suavizó la noticia con una oferta para llevarlos a navegar.

Había un barco alargado y de aspecto rápido atracado al extremo del muelle de hormigón.

Stan, que no solo era el aparcacoches en los eventos sociales, sino además el jardinero y encargado del barco, lo llevó por el agua hasta el embarcadero.

Alex se había sentido tentada de dejar a padre e hijo solos en aquella excursión, pero cuando Nicky se negó a dejar al perro y después dijo que tampoco se iría sin Alex, no tuvo elección.

–Esto es exactamente lo que no quería que pasase –murmuró a Max mientras se subía al barco.

–Puede que esté nervioso –dijo Max y se volvió a Nicky–. ¿Has subido antes a un barco?

–No –respondió el niño–. ¿Se va a dar la vuelta si me muevo?

–No, mira –Max se movió y Nicky se relajó después de un momento–. Pero llevaremos chalecos salvavidas porque para los niños lo marca la ley y es una buena idea para los adultos –añadió Max.

–¿Y Nemo? –preguntó Nicky.

–Para él no tenemos –Max sonrió–, así que ponle esta correa y átalo a esa barra.

Unos minutos después se alejaban del embarcadero a una velocidad moderada. Media hora después, Nicky había soltado la mano de Alex y estaba de pie con Max en el timón con gesto de estar disfrutando.

Alex acariciaba a Nemo, que se sentía superado por una vez en la vida, y miraba a padre e hijo. Ella solo podía aprobar el acercamiento de Max a Nicky. No presionaba al niño, pero evidentemente había despertado su interés. De hecho, había visto al crío mirarlo con respeto la tarde anterior cuando Max había vuelto a casa y había pasado dos horas enseñándole a volar una cometa.

Había llevado la cometa y habían ido a la playa para aprovechar la brisa.

No era solo Nicky quien estudiaba a Max con cierto respeto mientras se las arreglaba sin esfuerzo aparente para mantener la cometa en el aire; también ella lo había hecho, aunque por razones bien distintas.

Nicky había dejado patentes sus sentimientos cuando había preguntado a Max si de mayor sería fuerte como él y sabría volar cometas.

–Claro –había respondido Max revolviendo el pelo del niño–. Pero sabrás volar una cometa mucho antes. Toma, vamos a intentarlo.

Cuando volvieron de la excursión en barco, un radiante Nicky iba a encontrarse con otro regalo: una barbacoa para cenar.

Stan había encendido la barbacoa en el césped y la señora Mills había llevado todos los ingredientes. Había unas cómodas sillas de mimbre alrededor de una mesa de madera y dos luminarias para iluminarlo todo.

–Filetes, salchichas, pescado... elige –dijo Max.

–¡Salchichas! –eligió de inmediato el niño–. Con pan y tomate. ¡Bien!

–Eres fácil de complacer –dijo Max con una sonrisa–. ¿Alex?

Ella eligió un filete y algo de pescado y hablaron desordenadamente mientras lo preparaban todo al tiempo que Nicky jugaba feliz alrededor de ellos y las estrellas empezaban a salir.

La señora Mills había preparado un menú que encantaría a un niño, pero también había preparado ensalada de judías verdes y patatas con ajo para los adultos.

Cuando Nicky mostró señales de flaqueza un poco antes de lo normal y antes de que Max y Alex hubieran terminado de cenar, el ama de llaves se lo llevó a la cama.

–Muchas gracias –dijo Max.

–No hay de qué. Nicky, da las buenas noches.

–Buenas noches...

Alex contuvo la respiración porque el niño estaba jugando con la idea de llamar a Max «papá», pero al final volvió a dar las buenas noches. Lo miró irse y después se volvió hacia Max.

–No creo que el «papá» esté muy lejos –dijo con tranquilidad.

–No le ha llevado mucho.

No, pensó Alex, pero a ella tampoco le había llevado más de una semana... Se acomodó en la silla.

–No, pero creo que está impresionado –comió un poco más de ensalada–. ¿Cómo va todo?

–Mientras tanto en el rancho... como suele decirse, ¿no? –sonrió–. Algo de negociación dura, eso sí, todo con suavidad y educación. Pero mañana será relajado. Es el día del golf aquí en la costa.

Alex se preguntó por qué parecía tan escéptico con los resultados del día de golf, pero no dijo nada.

–¿Juegas al golf? –preguntó él.

–Sí, mi padre era un... bueno, un golfista entusiasta. No he jugado desde hace siglos –lo miró sorprendida–. No esperaba tener que jugar mañana.

–No. Puedes conducir el cochecito. Es un partido solo para hombres... –apartó el plato de la mesa y apoyó los codos en ella–. No se me ocurre nada peor.

–¿No juega al golf? –preguntó con el ceño fruncido–. Entonces... ¿por qué...?

–Tengo un *handicap* de tres; como tu padre puedo ser un loco y un entusiasta del golf, pero por alguna razón no es eso lo que busco mañana. Lo que realmente me gusta es poder concentrarme solo en el juego.

Alex lo miró detenidamente. Estaba vestido de modo informal y tenía el pelo ondulado. Parecía cualquier cosa menos un ejecutivo de altos vuelos, pero se lo podía imaginar en un campo de golf jugando con precisión.

–¿Por qué se metió en la agenda entonces? –preguntó ella.

–Fue una petición, por eso. Y no pareció una mala idea en ese momento.

–¿Es imposible cancelarlo?

–No, pero no será cancelado –dijo con una elocuente mirada.

–Podría estar cansado –sugirió–. Ha habido... mucho ajetreo.

–Ajetreo –repitió él–. No ha sido fácil relajarse, desde luego.

–¿Cómo se relaja? –preguntó Alex.

–Vino, mujeres y música –dijo en broma y volvió la cabeza para ver la reacción de ella.

Ella apartó la mirada incómoda y él se echó a reír.

–Estás a salvo conmigo, Alex.

–¡Desearía que no hubiera dicho eso –frunció el ceño al pasar de la incomodidad al enfado– con tanta convicción!

–Pensaba que podría ser tranquilizador.

–Es más que eso –afirmó ella–. Quiero decir que no me importa estar tranquila, pero objeto a que me haga sentir como la mujer menos deseable del mundo.

–No pretendía hacerte sentir así. Piénsalo, te he hecho unos cuantos extravagantes cumplidos y dejado claro que parecerías sexy a la mayoría de los hombres...

–De la forma más extraña –le interrumpió.

–Bueno –se levantó–, ¿qué quieres que haga?

Alex lo miró aún ofendida, pero sintiendo que se le iba pasando deprisa...

–Oh, Dios mío –dijo mirando hacia abajo con la sensación de haber hecho el tonto–. Esto no debería haber resultado así. ¿Hay alguna posibilidad de que entienda que no es nada personal?

–¿Nada? –preguntó él.

–Quizá solo vanidad –concedió después de acusarse mentalmente de ser una mentirosa.

Él sonrió y la miró un momento y pensó en lo joven e inocente que parecía. También era seguramente la mujer menos vanidosa que había conocido, aunque era humano su resentimiento por haberle dicho que estaba a salvo en ese contexto.

Y sobre el vino, las mujeres y la música, no era que no lo hubiera pensado nunca, pero quizá con ella... Bueno, una copa quizá, alguna de su música favorita en el estudio, y una chica entre sus brazos en el cómodo sofá, para relajarse de su agotadora vida de negocios...

¿Esa chica?

Especialmente esa chica, pensó inspirando con fuerza. Qué dulce sería iniciarla en los rituales del sexo. Hacerla gemir de deseo con esos hermosos ojos mirándolo solo a él mientras despertaba a la vida las más sensibles zonas erógenas de su cuerpo. Poseer esa esbelta figura, esas impresionantes piernas y ser quien fundiera los diferentes elementos de su personalidad, su sentido del humor, ese fino ingenio y su faceta erudita con su adorable condición de mujer...

Apretó los dientes y se obligó a pensar en otra cosa.

–Ajá, sí... lo entiendo perfectamente. Lo siento –una sonrisa apareció en sus ojos–, no era consciente de que te hacía sentir así. En realidad... volviendo a lo que nos ocupaba, lo que me relaja de verdad es pescar. Incluso tengo un sitio predilecto al que voy un par de veces al año. Seisia, no mucha gente lo conoce.

Alex, que había escuchado sus disculpas y deliberado cambio de tema con alivio, se levantó súbitamente.

–¿El puerto de Bamaga? ¿En el cabo York?

–El mismo –dijo Max con una mirada interrogante–. ¿Lo conoces?

–Pasé unas vacaciones allí con mis padres. Mi padre era también... hablando de una pasión, además del golf, era fanático de la pesca. ¡Oh! Le encantaba. Íbamos en un todoterreno que habíamos alquilado y acampábamos, después volvíamos a Cairns en un barco mercante, el Trinity Bay.

–Lo conozco bien.

–Pero... –parecía aturdida, había muy poco en Seisia que pudiera asociar con Max Goodwin, a menos...–. Oh, ya lo entiendo, usted seguramente alquila uno de esos carísimos barcos de pesca que salen desde Seisia hasta el golfo de Carpentaria para una semana. ¿O es dueño de uno?

–Niego los cargos. Pero sí, contrato uno, aunque nunca llego a estar toda una semana. ¿Cómo pescabais?

–Desde el embarcadero –sonrió–. Se supone que es el mejor embarcadero para pescar de toda Australia... y la playa. Y hacíamos una excursión en bote por el río Jardine. Era tan bonito... –cerró los ojos–. Nunca he olvidado los colores del crepúsculo.

–¿Azul sobre azul?

–Sí –agitó las pestañas–. Violeta, glicina, azul pizarra. ¡Tan hermoso!

Hubo una discreta tos detrás de ellos y Alex se dio cuenta de que no tenía ni idea de que un hombre llevaba allí más de un minuto mientras ella miraba transfigurada a los ojos de Max: Paul O'Hara.

Los dos se dieron la vuelta y él se acercó.

–¡Hola, Max! Señorita Hill, no sabía que les encontraría aquí.

–Paul –dijo alegre Max–. Únete a nosotros. ¿Qué haces aquí?

Paul acercó una silla y se sentó.

–Reservé una habitación en el Hyatt de Sanctuary Cove para esta noche y así no tener que venir mañana en coche para el golf. Así que pensé en venir dando un paseo y ponerte en antecedentes de lo de por la tarde. No esperaba... –no terminó la frase.

–¿Ver aquí a Alex? Está haciendo otro trabajo para mí –dijo inexpresivo–. ¿Cómo va todo?

–Si me perdonan –Alex se levantó de la silla–, les dejo con sus asuntos.

–No tiene que marcharse por mí, señorita Hill –dijo Paul O'Hara, que no vio la mirada que le dedicó Max.

Por un momento, Alex sintió la lunática urgencia de decirle que pensaba que era un hombre estupendo y que le gustaría conocerlo mejor en otras circunstancias, pero todo lo que dijo fue:

–Gracias, pero tengo un buen libro esperándome. Buenas noches –y se marchó.

Nicky se había dormido rápidamente con una ligera luz y con Nemo hecho un ovillo a su lado.

Alex sonrió. En algún momento el niño tendría que aprender a separarse del perro, pero ella no sabía cómo. Se acercó a un cuadro que colgaba de la pared, un pequeño pero vibrante lienzo de una orilla con dos ostreras negras con sus picos rojos en el suelo. Estaba firmado en una esquina: *Cathy Spencer.*

Cuando lo había visto por primera vez, había preguntado a la señora Mills.

–Oh, lo rescaté de un cajón –le había dicho el ama de llaves–. Recuerdo cuando se lo regaló al señor Goodwin... le dijo que no lo perdiera porque algún día valdría mucho dinero. Él se echó a reír y se lo prometió –la señora Mills dejó escapar un suspiro–. Estaban muy bien juntos entonces. Quizá es que yo solo veía el lado bueno, pero no puedo evitar tener la esperanza, bueno, especialmente ahora con Nicky, de que vuelvan a estar juntos. Creo que deberían. Bueno, da lo mismo, he pensado que a Nicky le gustaría tener cerca algo de su madre.

Alex volvió al presente y pasó del cuadro al niño dormido. Aunque se parecía mucho a Max, tenía algo de su madre y pensó de pronto que en breve se debatiría entre los dos.

Deberían dejar a un lado las diferencias, pensó secándose una lágrima solitaria. Deberían.

Se dio una ducha, se puso el pijama y se metió en la cama con el libro solo para descubrir que no era tan in-

teresante como había esperado, así que empezó a quedarse dormida. Apagó la luz de la mesilla y de pronto
se sintió despierta y atrapada por recuerdos tristes. Y
se dio cuenta de que eran recuerdos de Seisia.

«No, por ahí no», se advirtió. «Piensa en el aquí y
ahora».

Pero la casa estaba en silencio y no había nada que
la distrajera. Salió de la cama como si le costara respirar. Necesitaba moverse... «No puedo quedarme tum-
bada y que me atrape», se dijo.

Se puso las gafas y corrió por las escaleras hasta la
cocina para prepararse una taza de té. Pero no podía
encontrar la luz y lo que realmente necesitaba era una
bolsa de papel para respirar dentro de ella; solo pudo
quedarse de pie en medio de la cocina sacudiendo los
brazos mientras intentaba acompasar la respiración.

La luz del techo se encendió y reveló una cocina a
la última: encimeras de mármol negro, armarios color
crema, utensilios de acero inoxidable... Y Max de pie
en medio de todo aún vestido.

–¿Alex? –dijo incrédulo–. ¿Hay algún problema?

–No puedo respirar –dijo jadeando–. No puedo...
necesito... necesito una bolsa de papel.

–¿Asma? –preguntó acercándose.

–No... pánico.

–¿Un ataque de pánico? ¿Qué...? No importa –la
rodeó con los brazos–. Shh... nadie va a hacerte daño,
te lo prometo. Cálmate... no... –resistió mientras ella
intentaba soltarse– haz lo que te digo, Alex. Relájate.
Puedes hacerlo.

–Una bolsa –tartamudeó ella.

–No tengo ni idea de dónde están, eso si hay.

El pecho de Alex subía y bajaba errático mientras
trataba de llenar los pulmones de aire, pero él empezó
a masajearle la espalda y gradualmente la respiración

se fue acompasando al sentirse caliente y protegida entre sus brazos. Después de unos minutos respiraba bien.

Alex cerró los ojos aliviada y cuando los abrió, fue para ver a Max mirándola con una mezcla de alivio y asombro.

—¿Estás bien?

Ella asintió, pero se apoyó un poco más en él.

—Gracias —susurró.

—Creo que los dos necesitamos un brandy —la levantó en brazos y la llevó al estudio.

—¿Qué lo ha provocado?

El estudio era una habitación completamente masculina con tabiques color moca, trofeos de pesca, una pared cubierta de libros y un impresionante equipo audiovisual.

Alex suspiró y miró su copa, después bebió otro sorbo.

—Recordar Seisia —dijo un poco entrecortadamente—. Fueron las últimas vacaciones con mis padres. Murieron un par de semanas después.

—¿Y aún sufres ataques de pánico por... por haberlos perdido?

—Sí, pero no había tenido ninguno en siglos —confesó—. Nunca había hablado con nadie que conociera Seisia, así que supongo que eso lo habrá desencadenado.

—Umm... —pensó algo que no compartió con ella, se sentó a su lado y le tomó una mano—. ¿Tienes amigos, Alex?

—Por supuesto —aseguró ella—. He estado esquiando con seis de ellos no hace mucho... ¡bueno, ahora me parece que fue hace mucho tiempo! —se maravilló—. Y además está mi vecina. Una viuda mucho mayor que yo, pero nos llevamos muy bien. Hemos estado pensando en tener un perro a medias.

–¿Un perro a medias?

–Sí, un perro compartido. A ella le encantan, a mí también. Ella no trabaja durante el día, pero yo sí, así que parece una buena idea, pero nunca acabamos de llevarla a cabo. Así que... –bebió un sorbo–. Mire, mejor no se preocupe por mí...

–¿Cómo no voy a preocuparme por ti? –dijo ligeramente irritado–. Nunca he visto a nadie con un ataque de pánico. Da... da miedo. ¿Y qué tiene que ver con una bolsa de papel?

Le explicó que cuando se hiperventilaba como había hecho ella, se respiraba demasiado oxígeno y poco dióxido de carbono, lo que hacía sentir falta de aire. Si se respiraba dentro de una bolsa, se inspiraba el propio dióxido de carbono y eso ayudaba a recuperar el ritmo respiratorio.

–Vivir para aprender –dijo Max Goodwin–. Pero habría pensado que, si algo lo provoca, sería un susto.

–Puede ser, o simplemente estrés, o nada que haya pasado en ese mismo momento –dijo ella.

–¿Has ido al médico, Alex?

–Sí –tragó saliva–. Realmente pensaba que lo había superado –dijo y añadió sin pensarlo–: Supongo que ahora mismo en mi vida hay más estrés del que estoy acostumbrada.

Él le soltó la mano y se volvió a mirarla con el codo apoyado en el respaldo.

–¿Por qué, por tener que hacer de intérprete?

–Ajá... no es tan fácil como parece.

–Nunca he pensado que lo fuera. ¿Eso es todo?

Ella apartó la vista y no respondió de inmediato.

–Alex –dijo tranquilo–, cuéntamelo.

–Creo que es solo... pienso que es... –se detuvo.

Aunque el ataque había pasado no se sentía lo bastante bien como para inventarse nada–. Eso es todo.

Él la miró con intensidad y después sonrió.

–Muy bien, acábate el brandy. ¿Crees que serás capaz de dormir? ¿Prefieres quedarte aquí? Podemos arreglarte aquí una cama.

–No, gracias, estaré bien arriba.

–No hay ninguna prisa –con un mando a distancia que había en la mesita de café, encendió la televisión–. Siéntate y relájate un rato. Veamos qué tenemos... ah, películas. ¿Te gusta?

–Algunas veces –admitió–. Esa es una de mis favoritas –dijo al ver una de Audrey Hepburn y Cary Grant.

–Vamos a verla. ¿Estás cómoda? Acurrúcate si es lo que te apetece. Lo que necesitamos son palomitas, que estoy completamente seguro que no tenemos, pero otra pizca de brandy no creo que nos haga daño.

Al final se quedó dormida en el sofá, aunque esa vez fue Max Goodwin y no Margaret Winston quien le puso una almohada y le echó una manta por encima.

Había disfrutado de la película y de la compañía, pero los excesos emocionales del día al final habían hecho que se quedara dormida.

No sabía que él se había quedado mirándola durante un largo tiempo y que después se había enfrascado en serias reflexiones. Nada podía prepararla para las consecuencias de ellas...

Para complicar más las cosas, Nicky se despertó con fiebre a la mañana siguiente.

–Creo que es varicela –dijo Alex a Max en el desayuno.

Ya se había duchado y vestido para la jornada de golf con la ropa que Margaret le había elegido.

Max se detuvo en seco mientras se servía café.

–¿Crees?

–La señora Mills ha enviado a buscar al médico, pero las dos pensamos que es eso. Le ha subido la temperatura, le han salido algunos granitos y explica que ayer se cansara antes de lo normal –Max se movió en su asiento pensativo–. Lo otro es que no quiere que me mueva de su lado –lo miró con expresión de preocupación–. Los niños de seis años no son muy razonables cuando no se sienten bien. Quieren a sus madres cerca.

–Subiré a verlo ahora mismo. ¿Cómo estás tú?

–Bien, gracias. Me disculpo por haberme quedado dormida en el sofá, otra vez –dijo sincera–. Pero no sé cómo vamos a manejar esto.

Max se quedó mirando el pelo recogido y las delicadas sombras azules de sus ojos, después apartó la mirada bruscamente y cuadró los hombros, pero todo lo que dijo fue:

–Vamos a verlo.

–Un momento... ¿ha pasado la varicela?

–Si ha sido así –entornó los ojos–, no lo recuerdo.

–¿Hay alguna forma de comprobarlo? ¿Su madre, quizá? Aunque si no la ha pasado, lo más seguro es que la vaya a pasar, pero al menos estará advertido.

Max Goodwin se cruzó de brazos y la miró con una sonrisa:

–¿Tiene alguna noticia mejor para mí, señorita Hill?

–Lo siento –se rio ligeramente–, pero es mejor estar preparado.

–Como se decía en los Boy Scouts –sacó el móvil del bolsillo–. Mi hermana Olivia puede que lo sepa... mi madre murió el año pasado.

–Lo siento.

–Gracias... Livvy, Max –dijo al teléfono–. ¿Pasé yo la varicela de niño? –la conversación terminó unos minutos después–. Te alegrarás de saber, bueno, yo me alegro de saber, que la pasé de pequeño. La pasamos mi hermana y yo a la vez, pero mientras mi hermana fue una paciente modélica, yo fui una pesadilla. La historia de siempre –la miró sin expresión excepto por un malévolo brillo en los ojos–. Es sorprendente que no haya crecido con serios complejos por la santidad de mi hermana.

–Quizá ha sido así. Quizá –dijo en tono grave– su deseo de seguir su propio camino es una reacción inversa a un complejo de inferioridad subliminal basado en su hermana.

–Vuelve a repetirlo –dijo él inclinando la cabeza.

–No podría –confesó con una sonrisa–. Solo he soltado la lengua. Bueno...

–¿Y tú? –preguntó súbitamente–. ¿Has pasado la varicela?

–Sí –él se relajó–. En realidad, también fui una paciente modelo... ¿será cosa de las chicas? –añadió.

–Quizá. Desde luego saben cómo hacer mella en tu ego. Después de usted, señorita Hill.

–Gracias, señor Goodwin –se dirigieron a las escaleras.

Nicky se alegró al ver a su padre.

Una hora después, Alex se unió a Max en su despacho por petición de este. Nicky dormitaba y el médico había confirmado el diagnóstico.

El despacho era una habitación con forma oval con altas ventanas que daban al mar. La mesa de roble estaba bien pulida, y las sillas de madera, tapizadas con un tejido a rayas en ámbar y berenjena. La alfombra era un tapiz persa hecho a mano... La señora Mills le había hecho un recorrido por la casa y le había explicado los tesoros que contenía.

–Siéntate, Alex. Me he retirado del golf, con el que –sonrió–, como sabrás, no estaba muy emocionado. También te he encontrado una suplente como intérprete para el resto de las negociaciones.

–¿Y para todas las demás funciones también? –preguntó ella con los ojos muy abiertos.

Él asintió.

–Simon me matará –parecía desconcertada y muy ansiosa.

–¿Simon? –preguntó él alzando las cejas.

–Simon Wellford, de la agencia para la que trabajo. Mi jefe, en otras palabras. Estaba encantado por haber conseguido este contrato porque pensaba que traería mucho más trabajo.

–Lo hará –dijo Max con decisión–. Y habría sucedido igualmente... siempre estuvo puesto en el contrato que él firmó que tú eras una suplente temporal. Lo que ocurre es que la intérprete a quien has sustituido porque estaba enferma se ha puesto bien antes de lo previsto. Está lista para reincorporarse al trabajo. Pero escucha, tengo una proposición que hacerte. Vente a trabajar para mí, Alex.

Capítulo 6

¿COMO niñera? –lo miró totalmente desconcertada. –

Como mi asistente personal... –parecía de buen humor– lo que supone hacerte cargo del niño en el futuro inmediato, pero después se ampliará mucho el campo.

–No entiendo.

–Estas negociaciones van a ser un éxito, Alex...

–Pensaba que había dicho que había algunos obstáculos serios... y todo eso.

–Los hay, pero no los habría superado si no hubiera hecho lo que debía y si no hubiera pensado que tendríamos éxito –por un momento ese éxito pareció muy evidente en su rostro, después se relajó y continuó–: Una vez terminado esto, pasaré bastante tiempo yendo y viniendo de China, así que una intérprete permanente, además de un ingenio rápido, será un activo para mí.

–¿Yo? –preguntó con voz entrecortada.

–Sí. ¿Qué tiene de sorprendente? –parecía estarse divirtiendo.

–Solo... solo es que no lo esperaba.

–Serías parte de la casa –siguió y tomó nota de la reacción de ella, pero no sabía si había sido de alivio o de conmoción–. No solo por Nicky, sino porque pasaremos mucho más tiempo aquí, así... mataremos dos pájaros de un tiro –añadió.

–Pero Nicky volverá con su madre –inspiró con fuerza–. ¿Verdad? –preguntó.

Max Goodwin se tomó su tiempo para responder y al mismo tiempo pareció completamente inescrutable.

–Su madre llamó anoche. La operación de su madre ha sido un éxito, pero necesita pasar un par de días más con ella. Hasta entonces las negociaciones se han dejado en suspenso, pero Nicky pasará tiempo conmigo pase lo que pase.

–¿Para cuánto tiempo me quiere? –preguntó Alex tras un silencio.

–Por tanto tiempo como quieras quedarte conmigo –sonrió y después habló de una remuneración que hizo parpadear a Alex por lo generosa.

Ella se humedeció los labios y se concentró en otros aspectos de los acontecimientos.

–¿Tiene esto algo que ver con lo que pasó anoche? –preguntó sin rodeos.

Max Goodwin se frotó la mandíbula y se preguntó qué diría ella si le dijera que sí. Que no solo se sentía responsable de un niño de seis años, sino de una chica de veintiuno que sufría ataques de pánico, una chica sola en el mundo a la que no podía abandonar.

Además pensaba que cuando se relacionara con ella en un ámbito estrictamente profesional, la pasión que sentía desaparecería. Eso era lo que tenía que suceder.

Por supuesto, lo que sería más sabio hacer en otras circunstancias sería simplemente cortar la relación, pero no podía hacer eso, no después de lo ocurrido la noche anterior.

–No me gustaría ver que algo así vuelve a suce-derte, Alex –respondió esquivando la pregunta–, pero sabes que sería un buen paso en tu camino. Si quieres dedicarte a la carrera diplomática, un bagaje en la industria minera, experiencia comercial y contactos como los que tendrás, serán de un valor incalculable.

Alex sintió que se le abrían los ojos al tiempo que

reconocía que él tenía razón. Sería un punto impresionante en su currículo. Podría abrir algunas puertas más que trabajar de intérprete para Simon... Pero sonrió.

–Yo... Simon... –parecía preocupada– yo...

–Compensaré a Simon por perderte.

–Parte de la casa... ¿qué significa eso exactamente? –preguntó despacio.

–Más o menos lo mismo que estos tres últimos días –dijo sin darle importancia–, al menos cuando esté Nicky aquí, pero además yo trabajaré desde aquí más. Cuando quieras marcharte a tu casa, podrás hacerlo.

Alex se relajó un poco y no pudo evitar sonreír.

–¿Qué?

–Es un trabajo difícil de describir, ¿verdad?

–No me gustaría tener que anunciarlo –dijo con sencillez–, pero desde el momento en que causaste ese impacto en Nicky...

–Mi suerte estaba echada –terminó la frase–. Parte de mi suerte estaba echada, pero ¿va en serio lo demás?

–Completamente –aseguró él.

–Entonces lo haré –dijo pensando que era mejor aceptar deprisa porque si se ponía a meditarlo, se sentiría tentada a salir corriendo a esconderse.

No podía pasarse la vida huyendo y escondiéndose. Lo había decidido esa mañana.

–Buena chica –dijo Max rápidamente–. Si vamos a tener a Nicky aquí períodos largos, vamos a necesitar algún apoyo cuando no estemos nosotros. ¿Alguna idea?

Alex se mordió el labio inferior antes de decir lo que pensaba.

–La señora Mills tiene una hija que virtualmente es madre soltera... su marido está en la armada y siempre está lejos. Es su hijo Bradley con quien ha estado jugando Nicky y se llevan muy bien. Me preguntaba si la madre de Bradley podría suplirme. Parece muy sensata, es agradable, joven y sería bueno para Nicky tener compañía, le quitaría presión a la señora Mills...

–No sigas –murmuró él–. Me has convencido. ¿Te gustaría ir a tu casa para recoger algunas cosas más?

–¿Ahora? –abrió los ojos de par en par–. ¿Y qué pasa con Nicky?

–La señora Mills y yo podremos hacernos cargo de él un par de horas. Stan te llevará –se puso de pie.

–Me siento como si estuviera siendo tacaña –dijo sincera.

Él sonrió, pero no dijo nada.

–Entonces me voy. Gracias por pensar en mí y ofrecerme este trabajo –se levantó.

–No hay de qué, Alex –murmuró él.

Ella dudó un momento y después se dirigió a la puerta.

Él la miró irse y después se sentó tras la mesa y apoyó la barbilla en la mano con el codo en el escritorio.

Había manejado aquello bastante bien, pensó, pero algo lo tenía desconcertado. Se sentía extraño en un aspecto que no podía desentrañar. No muy extraño, sino diferente, ¿o eran solo sutilezas?

¿Era porque tenía ya realmente un hogar? Desde hacía mucho tiempo todo había girado a su alrededor exclusivamente, pero ahora estaba haciendo que girara...

Entonces sus ojos cayeron sobre el papel del escritorio y el nombre de Cathy. Había atendido su llamada de la noche anterior en el despacho después de que Paul O'Hara se hubiera marchado, y había escrito su nombre en el papel secante con letras como latigazos, después había rellenado los caracteres.

Se recostó en el respaldo y se metió las manos en los bolsillos. Lo tenía que hacer, tenía que encontrar un modo de llegar a un acuerdo amigable para que Nicky estuviera bien con su padre y su madre. El horizonte tenía que ser el bienestar del niño.

Y tenía que reconocer que se sentía abrumado por la profundidad de sus sentimientos por un niño a quien apenas conocía.

¿Qué pasaría con los problemas que tendrían que afrontar a partir de entonces? ¿Qué ocurriría si Cathy se casaba? ¿Se sentiría bien sabiendo que había otro hombre involucrado en la educación de su hijo? Además tenía que pensar en la herencia de Nicky, en su seguridad.

Se levantó, arrancó la hoja de papel secante y la tiró a la papelera.

Por supuesto la solución era sencillamente asegurarse de que no pudiera ocurrir porque él mismo se casara...

Alex iba sentada en la parte trasera de un Mercedes de camino a Brisbane. Stan y ella habían conversado un momento antes, pero en ese momento él conducía y ella pensaba en sus cosas.

Se había despertado pronto en el estudio y había descubierto con fastidio que se había quedado dormida en otro de los sofás de Max Goodwin. Se había preparado un té y se lo había subido a su habitación. Nadie se había movido.

Había abierto las persianas para ver amanecer sobre las casuarinas de Stradbroke, más allá de Broadwater, mientras se tomaba el té. Pero sus pensamientos no habían estado en la fresca y luminosa mañana, habían estado centrados en la situación por la que atravesaba. Se había permitido perder el control. Se había permitido imaginarse que se enamoraba de Max Goodwin; se había entregado a la tristeza por esa idea y por otros recuerdos. Y eso no podía ser.

Más aún, ella sabía perfectamente cómo dominar esos pensamientos, ¿verdad?

En momentos como ese siempre había acudido a la madre superiora y su consejo siempre había sido el mismo: «Deja de pensar en ti misma, Alex. Piensa en los demás y, para ti, márcate objetivos. Piensa hacia delante, no hacia atrás».

Podía parecer duro, pero había funcionado, y porque su querida amiga y mentora no estuviera ya con ella no significaba que ya no pudiera funcionar.

El problema era que pensaba hacia delante y no era capaz de distanciarse físicamente de Max Goodwin, pero eso no significaba que pudiera poner en práctica un *apartheid* mental, había pensado con una sonrisa amarga.

La falta de objetivos reales podía haber creado ese vacío en su vida que había provocado la crisis. Necesitaba un reto en su vida mejor que los que tenía en ese momento. Volver a trabajar para Simon no era suficiente. Tenía que aspirar a algo más alto.

No había sido capaz de decidir ese algo mientras se había duchado y vestido para el golf, pero al menos había sido capaz de saber que lo necesitaba. Y había dedicado unos minutos a pensar en la madre superiora en profundidad. Le había dado una sensación de paz.

Después, Nicky se había despertado con fiebre y había empezado la asombrosa sucesión de acontecimientos...

Miró por la ventanilla la autopista del Pacífico. El tráfico era rápido y denso.

La asombrosa sucesión de acontecimientos, pensó, sería la respuesta perfecta a sus decisiones, su determinación de darle una nueva forma a su vida, de tener objetivos y aceptar retos... solo que todo procedía de Max Goodwin.

¿Pero eso no era también un reto? No era bueno pretender a un hombre que no podría tener, un hombre que pensaba que debía construir una vida con la madre de su hijo. Aquello era algo que debía cortar de raíz. Era solo cuestión de fuerza de voluntad...

Por fortuna, Patti estaba en casa cuando llegó a Spring Hill, así que pudo pedirle que le regara las plantas y le recogiera el correo. También le dio los nuevos detalles para contactar con ella, después empezó a hacer el equipaje, esa vez algo más que lo básico, incluyendo libros y música.

Dudó sobre la ropa nueva, la que tenía que devolver, después decidió que la necesitaría como asistente personal de Max Goodwin.

Dejó de hacer lo que estaba haciendo y se quedó mirando la habitación. Costaba creerlo... era un poco como un sueño, decidió. También era la respuesta a una de sus peticiones, pero...

Cuadró los hombros y se reprendió a sí misma: «Nada de peros, Alexandra Hill. Hazlo lo mejor que puedas».

De vuelta pidió a Stan que se detuviera en una tienda, donde compró algunas cosas.

Cuando volvieron a las islas Sovereign tres horas más tarde, fue recibida con los brazos abiertos, metafóricamente hablando, por su jefe y el ama de llaves.

Nicky hizo más. Le pasó los brazos por el cuello y

la saludó como a una amiga largo tiempo perdida. Incluso Nemo se alegró.

–¡Vale, vale! –dijo entre risas mientras se quitaba al cachorro de encima–. Además he traído algunas cositas. Tenemos un nuevo rompecabezas, plastilina y un libro de barcos. ¿Qué hacemos primero? Ah, y un hueso de goma para Nemo. Suena cuando lo muerdes.

Cuando algún tiempo después se sentaron Max y ella a comer y el niño estaba dormido otra vez, preguntó:

–¿Ha estado muy difícil?

–Difícil no... perdido. Y triste. Es evidente que yo no soy un buen sustituto –hundió el cuchillo en la mantequilla.

–Está malo –dijo Alex práctica–. Y Roma no se construyó en una hora.

–¿Otra perla de sabiduría? –preguntó él alzando las cejas–. Estás llena de ellas.

–Lo sé –reconoció alegre.

–Pero contigo fue cuestión de segundos.

–Yo diría... –bebió un sorbo de agua– que no está muy acostumbrado a los hombres al haber vivido con su madre y su abuela. Y yo tengo experiencia con niños de esa edad. No se preocupe, todo llegará, es solo cuestión de tiempo –aseguró.

–Eres casi... como una persona nueva, señorita Hill, si puede decirse así. ¿Por qué?

Alex pensó en contarle parte de la verdad.

–Me he puesto una tarea esta mañana. Mirar hacia delante, no hacia atrás, buscar nuevos retos y objetivos y... lo que cayó en mi regazo al poco ha sido su oferta. Así que me siento realmente positiva, podría decirse.

Se había cambiado y puesto una camiseta de algodón y ni se había dado cuenta de que tenía plastilina en la manga. El pelo lo llevaba recogido con coletas y llevaba puestas las gafas. Parecía joven pero muy vivaz y vital. Era difícil compararla con la muchacha que la noche antes no podía respirar.

–¿He dicho algo malo? –preguntó un poco nerviosa apartando el plato.

–No, ¿por qué?

–Me miraba como si... como si... no sé, pero era un poco preocupante –confesó.

Max terminó la comida y agarró la cafetera.

–Ajá... no, nada de momento –sonrió–. Nicky y tú me vais a ver poco los próximos días. De hecho, probablemente nada. Me he tomado más tiempo libre del que debía.

–Está bien –dijo tranquila.

Sin saber que Max Goodwin había sido asaltado por una réplica del mismo sentimiento que había sufrido ella la noche anterior cuando le había pedido que no le dijera que estaba segura a su lado... En otras palabras, ¿se sentiría cómoda con su ausencia?

–Bueno, en ese caso –dijo él un poco tenso–, quizá debería irme ya.

–No están jugando aún al golf –comentó sorprendida mirando el reloj.

–Puedo llegar a tiempo de la entrega de trofeos. ¿Me disculpas, Alex? –preguntó con excesiva cortesía, y se levantó.

–Por supuesto, pero... ¿está enfadado? –preguntó.

–¿Por qué habría de estar enfadado? Tenemos todo bajo control, ¿no?

–Sí. No sé, solo tenía la impresión –se encogió de hombros–. Yo...

Pero en ese momento entró la señora Mills.

–Disculpe, señor Goodwin, pero Nicky se ha despertado y pregunta por Alex.

Alex se puso de pie de un salto.

–Ya voy –se volvió hacia Max–. Yo me ocuparé de él, no se preocupe –dijo para tranquilizarlo.

–Gracias –su expresión se suavizó un poco.

Pero Alex seguía preocupada mientras subía las escaleras hacia el dormitorio de Nicky. ¿Qué le habría pasado a Max por la cabeza? ¿Qué sutil interacción se había perdido?

Se detuvo delante de la puerta de Nicky y respiró hondo. Los sentimientos personales de su jefe no eran una preocupación para ella.

No mucho más tarde, mientras Max Goodwin conducía su Bentley por el puente de las islas Sovereign hacia Sanctuary Cove, se preguntaba por qué estaba enfadado. ¿Porque aún no tenía las cosas bajo control? Apretó los dientes. Era evidente que estaba enfadado.

No fueron unos días fáciles para Alex.

Mantener a Nicky sin mucha temperatura, evitar que se rascara, tenerlo entretenido al menos le hacía tener alguna ocupación.

Por suerte, Bradley, el nieto de la señora Mills, también había tenido la varicela, así que cuando Nicky no se encontraba muy mal, podía ayudarle con el rompecabezas y otras actividades. Y Alex pudo conocer mejor a Peta, su madre. Y cuanto más la conocía, más le gustaba.

Peta también había aceptado la oferta de trabajo de Max.

–Es perfecto –le había confiado a Alex–. Estoy con mi madre, a Brad le encanta jugar con Nicky, adora a Nemo y no solo me da algo que hacer mientras mi marido está lejos, también ganaré algo de dinero.

Pero hasta que no llegó Jake Frost, Alex no recordó que el último evento social, la despedida, iba a celebrarse en la villa.

Jake fue el día antes y Alex compartió la sesión de información con la señora Mills y Stan.

—Ítem —dijo aquel poniendo una libreta encima de la mesa—: una empresa de limpieza vendrá primero mañana por la mañana. Limpiarán ventanas, suelos, mesas, todo, si hay plata o cristalería que quiera que limpien... —miró por encima de las gafas a la señora Mills— puede sacarla. Ítem: la empresa de la cena vendrá pronto por la tarde. Ítem: necesitamos una habitación para que la orquesta pueda recogerse. Había pensado usar el saloncito rosa... —y siguió así hasta que llegó a— Ítem: niños y perros.

Todos sonrieron. Fue la señora Mills quien respondió:

—Como sabes, Jake, podemos cerrar el ala de invitados. Así es como hemos tenido a Nemo alejado del resto de la casa y Nicky normalmente a las siete está dormido... los invitados no llegan hasta las siete y media.

—De cualquier modo, estaré a mano por si hace falta —apoyó Alex.

Fue el momento de que Jake la mirara por encima de las gafas.

—Ítem —dijo Jake—: el señor Goodwin ha pedido su presencia en el baile, señorita Hill.

Alex lo miró con la boca abierta.

—¿Por qué? ¿Vuelvo a ser intérprete de nuevo?

–No es algo de lo que yo esté al corriente –Jake sacudió la cabeza.

–Pero... no entiendo. Y no quiero...

–Quizá ha pensado que sería un descanso para ti después de todo lo que has hecho por Nicky –sugirió la señora Mills–. Puedo decirles a Peta y Brad que se queden a dormir para que no tengas que preocuparte por Nicky.

–Aun así, no quiero...

–Señorita Hill –la interrumpió Jake esa vez–, Alex, si puedo... –dudó un momento– no sería un buen momento para oponerse al señor Goodwin.

–Ajá –remarcó Stan–. Está con ese humor suyo, ¿no? Entonces supongo que tendremos que estar todos en nuestro sitio.

Jake miró a Stan de modo reprobatorio.

–Si supieras la clase de presión a que está sometido, colega.

–Además –señaló la señora Mills con delicadeza–, está Nicky.

–No me malinterpretes –dijo Stan levantando las manos–. Es un gran jefe el noventa y nueve por ciento del tiempo. No quiero trabajar para otro. Pero tienes que admitir que el otro uno por ciento del tiempo solo con mirarte y decirte un par de palabras bien elegidas... a veces solo con mirarte.

–¿No tienes nada que ponerte, cariño? –dijo la señora Mills aprovechando el silencio que había seguido a la intervención de Stan.

–Sí tengo –respondió lentamente–. Se suponía que asistiría al baile como intérprete. Y me traje toda la ropa cuando fui a casa hace unos días. Solo es que no entiendo por qué.

–Nosotros no estamos para preguntar por qué –dijo Jake–, sino para hacerlo, pero supongo que puede tener algo que ver con tu nuevo puesto de asistente personal.

–Bueno, ¿eso es todo lo que hay preparado? –preguntó Alex sorprendida.

–Eso creo. Margaret no me ha dicho nada más.

–Oh –se recostó en la silla con el ceño fruncido, no había pensado entrar en escena tan pronto y aún no había hablado con Simon como debería haber hecho–. Bueno, supongo que será eso –dijo un poco desesperada.

–Y una última nota a pie de página –Jake se subió las gafas en la nariz–. Va a venir lady Olivia McPherson con sir Michael, naturalmente, mañana por la noche.

En el momento en que Alex hizo la conexión, Stan y la señora Mills se irguieron en las sillas.

–¿Su hermana? –dijo ella.

–Su hermana –repuso Jake con suavidad–. Así que –los miró por turno– consigamos una velada perfecta.

–¿Cómo es ella? Su hermana –preguntó Alex a la señora Mills cuando la reunión hubo terminado.

–Es... puede ser un poco exigente –dijo el ama de llaves con cuidado–. Es muy atractiva, vibrante, pero... no es la persona más fácil de complacer.

–Suena un poco a su hermano –comentó Alex con una sonrisa, después suspiró–. Desearía no tener que ir a ese baile. No estoy acostumbrada a esas cosas.

–Lo harás bien, Alex –dijo la señora Mills para animarla–. De hecho, eres como un soplo de aire fresco comparada con... –se encogió de hombros y se quedó en silencio.

–¿Comparada con quién? –la miró.

–Alguna de las maleducadas celebridades que solemos ver por aquí. Bueno, necesito empezar a hacer la lista. Algunas personas parecen ser capaces de tener todo en la cabeza... yo hago listas.

A las seis de la tarde del día siguiente, Alex empezó a prepararse.

El vestido era bonito, aunque de un discreto negro. El cuerpo era de seda, sin mangas y la falda larga con una abertura a un lado. Una chaqueta con las solapas levantadas completaba el conjunto.

Se miró en el espejo y recordó el entusiasmo de Margaret por el vestido.

–No te parece... ¿demasiado elegante para una intérprete? –había preguntado a Margaret.

–Creo que es perfecto para ti, querida. Y va a ser una ocasión para ser muy elegante, créeme.

Alex volvió al presente con una sonrisa. En aquel momento no tenía ni idea de lo sofisticado y caro que era el mundo en que estaba a punto de entrar. Ya lo sabía y se sentía agradecida por el vestido.

Además el negro le sentaba muy bien. Pero al mirarse con las manos en las caderas, parecía faltarle algo.

Su maquillaje era casi tan bueno como el que le había hecho Mary. No llevaba las uñas pintadas, los perros y los niños no se llevaban bien con las uñas pintadas, pero estaban perfectas.

El pelo no estaba tan perfecto como cuando lo había peinado el señor Roger, pero estaba contenta con los suaves rizos.

–Solo necesito algo que llevar... ya sé, una flor. Quizá la señora Mills o Stan puedan ayudarme –dijo al reflejo.

Ambos la ayudaron.

Stan encontró una perfecta gardenia blanca para la

cabeza y la señora Mills se la colocó en el cabello con una horquilla de perla.

—Ya está —dijo la señora Mills—. ¡Estás preciosa, Alex! ¿Verdad, Stan?

—¡Guapísima! —coincidió Stan.

Ella se lo agradeció entre risas. Nicky fue de la misma opinión.

—¡Guau! —dijo el niño— ¿Puedo ir a la fiesta contigo?

Alex dejó escapar una risita. Nicky empezaba a estar mejor.

—No, Nicky, lo siento —dijo afectuosa—. Pero ¿te gustaría echar un vistazo a la decoración?

Sí quería, le dijo.

Capítulo 7

LA TRANSFORMACIÓN de la casa para la fiesta quitaba el aliento... considerando que la casa por sí sola ya quitaba el aliento.

Una vez más, la enorme terraza era el espacio principal, pero en esa ocasión, en lugar de dos grandes mesas, muchas mesas redondas pequeñas se habían colocado alrededor acotando una pista de baile con suelo de madera.

Había flores por todas partes y las suaves luces eléctricas disimuladas bajo el toldo daban al espacio una sutil iluminación. El grupo, un cuarteto de cuerda, tocaba suavemente.

Alex se lo enseñó todo a Nicky y después se sentaron en la escalera, desde donde podían ver la terraza.

–Parece un castillo encantado –dijo el niño–. ¿Vendrá mi padre esta noche?

–Seguro, pero no sé a qué hora –Alex se dio la vuelta al oír un ruido detrás de ella. Era Peta para decirle que ya estaba allí con Brad y lista para hacerse cargo de todo–. ¿Has visto suficiente, Nicky? –preguntó al niño–. Creo que Peta ha traído una peli para que la veáis Brad y tú.

–¡Bien! –el niño se puso de pie de un salto–. Buenas noches, Alex –le dio un rápido abrazo y antes de irse le preguntó–: ¿Le darás las buenas noches a papá por mí?

–Por supuesto –dijo Alex con un nudo en la garganta.

Se quedó donde estaba hasta que Nicky desapareció y después se puso en pie de un brinco cuando Max Goodwin salió de entre las sombras y se acercó a la escalera.

–No sabía que estaba ahí –dijo con un jadeo.

–No, ya me he dado cuenta –repuso él inclinando la cabeza.

–Pero... –se detuvo e inspiró con fuerza porque ese era un Max Goodwin que nunca había visto y no solo porque estuviera vestido con un traje de fiesta y una camisa blanca como la nieve, ni tampoco porque la ropa le sentara a la perfección, ni siquiera porque nunca lo había visto con aspecto de irritado o impaciente... como ella lo estaba.

Sino porque lo que había dicho Stan brilló en su mente: podía hacerte pedazos con unas pocas palabras bien elegidas, incluso solo con una mirada. Eso describía a ese Max Goodwin.

Había una aspereza en sus ojos y las líneas de su rostro, un aura alrededor de él que también resumía lo que había dicho Jake Frost: no era un buen momento para llevar la contraria a Max Goodwin.

–¿Ha oído? –preguntó ella–. Le ha llamado papá.

–Lo he oído. ¿Lo has estado entrenando, Alex?

–No, ¡no! Creo que Brad, el nieto de la señora Mills, puede haber ayudado. Tampoco ve mucho a su padre, pero habla mucho de él.

Pareció que la aspereza de Max se suavizaba un poco.

–Voy a ir a darle las buenas noches ahora mismo.

Alex dejó escapar un suspiro de alivio y se apartó para dejarle pasar.

–¿Qué le ha hecho pensar que podía haberlo entrenado? Creía haber dejado perfectamente claro que estas cosas no se pueden acelerar.

Él se detuvo un escalón por debajo de ella, así que

tenían los ojos casi al mismo nivel. Y vio algo que se había perdido en su primer examen de él: podía estar intentando ocultarlo, pero estaba cansado.

–Sí, señora –dijo él con una leve sonrisa–, me otorgó esa perla de sabiduría entre otras muchas. ¿Por qué? No estoy de humor como para decirlo con más suavidad. No he estado aquí desde hace días y eso me hace tender a ser... cínico, desconfiado, incluso malpensado.

–Eso me han dicho... –dijo ella bruscamente y se mordió el labio inferior.

–¿Te han dicho eso? ¿Mi personal? –arrastró las sílabas–. Tienen razón.

–Pero ¿ha ido algo mal? ¿Han fracasado las negociaciones?

–No. Está todo firmado y sellado.

–¿Entonces por qué se siente así? –sus ojos sin gafas expresaban desconcierto.

Max la miró de arriba abajo. La gardenia del pelo, la ausencia total de joyas, las puntas de las solapas de la chaqueta contra el cuello. La cintura, la caída de la falda y la abertura a un lado.

–¡Oh, no! –dijo ella–. No me vuelva a decir que no estoy adecuadamente vestida. Esto era lo que me habría puesto para trabajar y no sabía... no sabía en calidad de qué iba a asistir a la fiesta... ¡Esperaba no venir!

–Señorita Hill –dijo con formalidad–. Está usted vestida perfectamente –dijo con patente ironía, aunque lo que había sentido había sido un súbito deseo de desnudarla–. Ah –se obligó a volver al presente– y, por favor, asiste a la fiesta como invitada, aunque una hablante de mandarín extra no vendrá mal, así que si ves a alguien que necesita de intérprete, te agradeceré que vayas en su ayuda.

–Por supuesto.

–Y sobre todo lo demás... –la miró a los ojos– para ser completamente sincero no estoy seguro al cien por cien de por qué estoy como estoy, pero incluso aunque lo estuviera, serías la última persona a quien se lo diría –siguió subiendo las escaleras y la dejó completamente desconcertada.

No supo que Max Goodwin dudó un momento antes de subir a dar las buenas noches a su hijo; tampoco que había ido desde Brisbane con Paul O'Hara. Y ella no tenía ni idea de que eso le había recordado a él que Paul había dado la impresión de estar loco por Alex cuando habían estado hablando unas noches antes, pero Max en ese momento había tenido demasiadas cosas en la cabeza como para poder asimilarlo.

Pero la patente decepción de Paul unas noches antes cuando Alex se había marchado, la forma en que su mirada se había clavado en su espalda mientras se alejaba, la forma en que se había mostrado distraído, hablaban por sí solas.

Paul era muy buena persona, y seguramente adecuado para una chica de casi su misma edad, no tenía puntos negros en su vida amorosa previa como él...

Así que ¿por qué, se preguntaba Max Goodwin con la mano en el pomo de la puerta de Nicky, sentía esa quemazón en la piel cuando pensaba en él con Alex?

Fue una noche larga.

También asistió Margaret, quien saludó cálidamente a Alex y después desapareció entre bambalinas.

Alex se descubrió sentada al lado de sir Michael McPherson y frente a su esposa, lady Olivia. Olivia Goodwin, en ese momento lady McPherson, era como había dicho la señora Mills: una mujer atractiva y vibrante. Era esbelta, tenía los mismos ojos azules que su hermano, pero el pelo cobrizo y alguna peca. Era directa.

–No puedo creer que no nos hayamos conocido. ¿Es usted amiga de Max?

–No, trabajo para él.

–¿En calidad de qué?

–Soy la niñera de Nicky y, debido a que hablo mandarín, la intérprete personal de Max y su asistente personal.

–¡Cielos! –dijo sir Michael–. Es bastante.

–Puedo realmente ser mucho –replicó Alex austera antes de beber un sorbo de champán.

–¿Es alguna clase de broma? –preguntó lady Olivia.

–Oh, no, no es ninguna broma –dejó la copa en la mesa.

–¡Pues no me ha contado nada!

–Vamos, Livvy –intervino su marido–. ¿Cuándo te ha consultado Max algo? Bueno..., –cambió de táctica al ver el aspecto peligroso de su mujer– a nadie. Siempre ha decidido solo, ya lo sabes.

Olivia se relajó un poco y miró al resto de comensales de su mesa, pero eran todos chinos, un hombre y dos parejas.

–Aun así –dijo ella–, tendrás que reconocer que tendría que haberme pedido consejo, al menos sobre Nicky, pero ni siquiera se me ha permitido conocerlo todavía.

–Solo le ha conocido él –dijo sir Michael.

–Bueno, si me pregunta, lo que evidentemente tiene que hacer es casarse con Cathy. Tienes que reconocer que estaban muy unidos...

–Olivia –advirtió sir Michael.

Sí. Olivia, repitió Alex en su cabeza, seguramente ese asunto era demasiado privado incluso aunque sus compañeros de mesa no supieran ni una palabra de inglés.

Pero miró a la hermana de Max y vio que estaba realmente emocionada, como si de verdad estuviera preocupada por su hermano y su sobrino.

Aun así, no era un tema de conversación para una cena con baile y Alex se volvió hacia sus vecinos, se inclinó, e inició con habilidad un tema de conversación.

Durante esa conversación, se enteró de que los McPherson tenían dos hijos y dividían su tiempo entre Australia e Inglaterra. También habían estado en China, y por medio de Alex fueron capaces de intercambiar algunos cálidos recuerdos de su visita mientras el cuarteto tocaba a Mozart, Strauss y otros clásicos.

Pronto fue evidente que, a diferencia de su anfitrión, los invitados estaban relajados y contentos porque las negociaciones hubieran concluido con éxito.

La cena fue concluyendo y tras la entrega de obsequios y que se sirviera más champán, llegó el momento de los discursos y los brindis.

Si no lo hubiera conocido, Alex habría pensado que Max había estado como siempre, pero se dio cuenta de que su hermana lo miraba con intensidad y los ojos entornados.

Terminaron las formalidades y el cuarteto demostró su versatilidad y las parejas ocuparon la pista de baile.

Alex decidió escabullirse. Tenía el principio de una jaqueca y unos minutos de soledad en un lugar tranquilo le parecieron una gran idea.

No sabía que dos hombres le habían visto marcharse: Max... y su primo Paul O'Hara.

Bajó al césped y siguió el camino que llevaba a la piscina, pero se detuvo al oír pasos detrás de ella. Respiró hondo y se dio la vuelta: era Paul O'Hara.

–Por favor, no huyas, Alex... ¿puedo llamarte así? –preguntó.

–Bueno, sí, pero... –se quedó callada, incómoda.

–Perdona si te he molestado, pero cuando te vi por primera vez, fue como si me hubieran dado un puñetazo en el estómago. No creía en el amor a primera vista, pero... –gesticuló y pareció más joven, más joven y confuso, pero realmente auténtico.

–Eso le pasó a mi padre –se oyó decir Alex, y le contó la historia de la Nochevieja–, pero... –tragó con dificultad– yo... yo...

–¿No me correspondes? Lo sé. No estaba seguro al principio, pero cuando te vi con Max la otra noche, yo... –dudó y se encogió de hombros.

Alex se quedó petrificada y recordó su inesperada aparición de esa noche y lo que debió de parecer. Ella había empezado a brillar con sus recuerdos de Seisia, pero ¿sería la verdad decir que había sido solo por eso? Bajó la vista y se mordió el labio inferior.

–La cuestión es –dijo Paul– Max. Bueno... visto así, Nicky no es un niño normal. Es el único heredero de una fortuna de miles de millones y eso puede crear toda clase de problemas.

–¿Qué... qué quieres decir?

–Problemas de custodia si Cathy se casa con otro, lo vulnerable que Nicky puede resultar a manipulaciones malintencionadas, problemas de seguridad... entre otras cosas.

–¿Seguridad...? –Alex lo miró con la boca abierta.

–Stan no es solo un jardinero y chófer.

El velo se cayó de delante de los ojos de Alex al ser consciente de que siempre que iban a algún sitio, Stan no andaba muy lejos, pero se quitó eso de la cabeza antes de decir:

–Sé lo que intentas decirme. Lo lógico es que ellos

se casen. Lo he sabido desde el principio –dijo con sencillez–, pero si no funciona, hará daño a Nicky... –se detuvo e hizo un gesto de futilidad.

–Lo suyo una vez fue mágico –dijo Paul tranquilamente–, pero –apartó la mirada avergonzado–... bueno eso es cosa suya. Yo solo quería decírtelo –volvió a mirarla–. Si necesitas un amigo a quien realmente le importas, aquí me tienes.

Alex sintió una oleada de cariño y de un modo espontáneo se puso de puntillas y le dio un beso.

–Gracias. Muchísimas gracias –dijo en un susurro, pero dio un paso atrás cuando él la agarró de la cintura.

Se alejó por el sendero que conducía al jardín de la piscina. Una vez allí, inspiró el delicioso aire de la noche y se quedó de pie en silencio para recuperar el aliento. Entonces se oyó el clic de la puerta y se dio la vuelta temiendo que fuese Paul, pero era Max...

En lugar de acompasarse, su respiración se agitó más y el corazón empezó a latirle con fuerza. Parecía tan alto, tan guapo, pero de nuevo con ese aura de inalcanzable.

–No deberías haber huido de Paul, Alex.

–¿Has... –lo miró con los ojos muy abiertos– has estado escuchando?

–No, solo el final cuando te ofreció su amistad. Pero tienes que estar ciega para no darte cuenta de que te estaba ofreciendo mucho más. Es muy buena persona... ¿qué tienes en contra de él?

Alex sintió una inesperada punzada de enojo. En ese momento sentía que Max Goodwin era la última persona de la que necesitaba un consejo sobre su vida amorosa. ¿Era culpa suya que Paul no tuviera ningún efecto sobre ella?

Abrió la boca mientras se advertía sobre la necesidad de no hacer ninguna tontería, pero tantos días de

desconcierto y de tratar de ocultarle la verdad... Dijo
bruscamente:

–¿Qué tengo en contra de él? Que no eres tú.

Se detuvo al ver que los ojos de él habían cambiado,
había ido de la desolación a la incredulidad, después
Alex se llevó una mano a la boca en un gesto que pretendía acallar sus pensamientos... ¿Qué demonios acababa de hacer?

No pudo evitar ruborizarse y buscó algo que decir
que hiciera, al menos, parecer que su afirmación se ba-
saba en la realidad.

–No quiero decir que quiera preocuparte con ello.
Soy plenamente consciente de que hay algunos años
de diferencia entre nosotros... en esa clase de contexto
–tartamudeó.

Él no dijo nada, su mirada era indescifrable.

–¿Algunos años? –repitió–. No. Y quizá eso te haga
entender, de una vez para siempre, lo altamente deseable que eres, Alex. Desde luego no eres la última mujer
del planeta... –la rodeó con un brazo.

Ella se quedó de pie paralizada mientras él recorría
con la mirada primero el cuello, después los pechos
que subían y bajaban tan intensamente... tan intensamente que los pezones florecieron de un modo espontáneo. Aquello provocó una respuesta que recorrió el
resto de su cuerpo y le hizo sentir frío aunque estaba
completamente vestida.

Hizo más. Le hizo desear su cuerpo en el de ella,
tenso y duro contra sus curvas, y se vio poseída por la
imagen de los dos desnudándose hasta no dejar ninguna barrera entre ambos.

Notó una pequeña cicatriz en su ceja izquierda y
deseó con todas sus fuerzas tocarla con sus dedos. Necesitaba con urgencia ser besada y devolver el beso.

No pudo evitarlo. Se irguió y tocó la cicatriz con la

yema de un dedo... y la electricidad que había entre los dos se incrementó de un modo dramático cuando las manos de él apretaron su cintura. Y, en el momento previo a que se inclinara y la besara, experimentó la sensación de que se había equivocado una vez más. Era como si estuvieran solos en el planeta, bebiéndose el uno al otro...

Su beso fue todo lo que había soñado. La sensación de su boca en la de ella, sus manos en los pechos, la magia de estar entre los brazos del hombre al que amaba. La sensación de estar entre sus brazos mejor que en ningún otro sitio del mundo.

Y todas las complicaciones de amar a Max Goodwin se diluyeron como si nunca hubiesen existido...

También llegó la súbita confianza en que no había tantos años entre ellos y que podría encontrar en él el mismo deseo que ella sentía. De hecho cuando él levantó la cabeza bruscamente, ella pensó que sería para decir algo íntimo y personal que pondrían el sello perfecto a su unión.

No fue así. Él la miró y ella pudo ver su torturada expresión antes de que cerrara los ojos un instante y después la separara de él.

Alex tuvo la cegadora sensación momentánea de que la había dejado sola en medio de un gigantesco escenario. De que había sido dejada expuesta y vulnerable... y rechazada.

Se llevó los dedos a los labios y lo miró con enormes y sombríos ojos.

Él alzó las manos de nuevo y, como si lo volviera a pensar, se las metió en los bolsillos.

—Nunca debería haber hecho eso, lo siento.

—Por favor, no digas eso —rogó ella.

—Alex, debo... —apretó los dientes—. Tengo demasiado equipaje, seguramente eres consciente de ello, y bajo mi puente ha pasado agua bastante turbulenta. Esos son los únicos años de diferencia que hay entre nosotros, pero hay factores cruciales que son una carga que ningún hombre en su sano juicio querría echarte encima –hizo una pausa y su expresión se suavizó–. Creo que los has visto por ti misma, cariño. Puedes hacer las cosas bien, las harás, y una vez que encuentres a alguien a quien amar, alguien con quien tener hijos, nunca tendrás que volver a estar sola.

–Pero...

–No, Alex –sacudió la cabeza–. Siempre dispondrás de mi afecto y jamás olvidaré lo que has hecho por Nicky –sonrió, pero no con los ojos–. Lo otro es... Estás tan hermosa esta noche, que no he podido ser el único hombre que ha deseado besarte.

Alex lo miró en silencio mientras las lágrimas recorrían sus mejillas. Max se movió bruscamente, pero antes de que pudiera hacer o decir nada, Margaret los encontró.

–Oh, señor Goodwin, está usted aquí –su expresión cambió cuando atravesó la puerta del jardín–. Lo he buscado por todas partes. Su ausencia empieza a ser notada... –se interrumpió–. ¡Alex! ¿Qué te ha pasado?

–Margaret, ¿puedes ocuparte de Alex por mí? –dijo Max–. Está... necesita ayuda. Yo mientras tanto voy a regresar a la fiesta –se volvió hacia Alex y dijo con cariño–: No vayas a ningún sitio, no hagas nada, yo lo arreglaré todo –hizo una pausa para mirarla a los ojos–. Buenas noches, cariño –se dio la vuelta y se marchó.

–Alex, ¿seguro que estás bien?

Era al día siguiente por la mañana y estaban tomando un té en la terraza cuando Margaret le hizo esa pregunta. Alex suspiró. Ya había respondido a eso unas cuantas veces.

—Estoy bien, te lo prometo. No sé qué me pasó anoche, pero se acabó, de verdad. Tengo a la señora Mills, a Nicky. ¡Tengo a Nemo! —añadió con sentido del humor.

—Aún no puedo creer que esa mujer le haya hecho eso al señor Goodwin —dijo seria Margaret.

Alex se sirvió un poco de té en una taza de porcelana y pensó en que Margaret no parecía tener buenos recuerdos de Cathy.

—Da lo mismo, no te sientas culpable por volver a Brisbane. Estoy segura de que el señor Goodwin te necesita más que yo.

—Bueno —dudó un momento—. Hay los inevitables últimos flecos que resolver. Esta tarde despide personalmente a la delegación china en el aeropuerto y tiene un par de ruedas de prensa programadas para mañana —se puso en pie aún dudando—. ¿Estás segura?

Alex se levantó y la abrazó.

—Gracias. Has sido tan buena...

Alex se terminó el té ella sola tras la partida de Margaret.

Nicky y Brad, con la ayuda de Stan, estaban construyendo una cabaña y no parecían necesitarla.

Pensó en la noche anterior. Margaret había subido a su habitación con ella y después de que se hubiera dado una ducha le había llevado una taza de tila.

Margaret había llegado a sus propias conclusiones sobre la causa de su estado y después de que Alex le había asegurado que no era un problema de salud, no había preguntado más.

Seguramente lo adivinaría, pensó mientras bebía un

sorbo de té. Tenía que ser bastante evidente. No solo había estado llorando, seguramente debía de haber parecido conmocionada.

Lo que había conseguido ocultarle a Margaret esa mañana era lo que aún la mantenía conmocionada. No podría olvidar ese beso. Con solo pensarlo se le aceleraba el pulso.

Después el terrible aterrizaje...

También estaba la perentoria cuestión de qué iba a pasar a partir de ese momento. Max había dicho que él lo arreglaría todo, era evidente que había vuelto a Brisbane la noche anterior, pero ¿tenía algún sentido que no fuera ella quien se hiciera cargo de las cosas?

¿Debía quedarse? Si se quedaba, de algún modo tendría que controlar sus sentimientos por Max Goodwin, pero esa decisión ya la había tomado antes y la había roto en pocos días. ¿Qué conseguiría quedándose?

Se agitó en la butaca. Solo estar cerca de él, estar ahí para él, quizá convertirse en un apoyo para Nicky... No. Eso no iría bien, sería provocar una especie de trauma, pero...

Se terminó el té y dejó la taza.

¿Querría él que se quedara después de que había perdido el control víctima de un arrebato momentáneo y tras haberle advertido que no era para ella? Seguramente no.

Entonces, si tomaba la decisión de marcharse antes que sufrir la agonía de que la empujasen a ello, ¿podría hacerlo?

Sería mucho más fácil no hacer nada, pensó infeliz. Por otro lado, ¿cómo iba a soportar volverlo a ver, los recuerdos del beso, el dolor por el rechazo?

–Alex –dijo preocupada la señora Mills al despertarla muy temprano a la mañana siguiente–. La señorita Spencer está aquí y me temo que quiere llevarse a Nicky. Stan está tratando de localizar al señor Goodwin en Brisbane, pero nadie parece saber dónde está. ¿Puedes ir a hablar con ella, por favor?

Alex se sentó en la cama y se frotó los ojos.

—Repítalo, por favor —pidió incrédula—. No, lo he entendido, pero... ¿qué puedo decirle yo? Es imposible que pueda detenerla. Es su hijo.

—Pero ¿no crees... —la señora Mills bajó un poco la voz— que la señorita Spencer y el señor Goodwin deberían negociar algo sobre el niño, que al menos pueda despedirse de su padre como es debido? Aún está dormido, por cierto.

—Sí... —se colocó el pelo con los dedos.

—Y tú eres su asistente personal, ¿no?

—Sí.

—La he metido en el salón rosa. La he persuadido de que deje dormir a Nicky. Voy a bajar a prepararle algo de café, para las dos. Por favor, Alex —rogó la señora Mills—. ¡Es una situación muy incómoda para mí!

Alex suspiró, abrazó a la señora Mills y apartó la sábana.

—Estoy abajo en un minuto. Una ducha rápida y me visto.

Cathy Spencer se volvió en la ventana cuando Alex entró en el salón rosa. Entornó los ojos y los fijó sobre sus vaqueros, la sudadera verde y el pelo húmedo recogido en una coleta.

—La asistente personal, según la señora Mills —dijo en tono amargo—. Debería haber esperado que fuera muy personal, señorita... Hill, ¿no?

Alex la miró fijamente. Parecía una persona distinta de la que había visto en el ático. La pasión y el fuego se habían evaporado, también el brillo. Parecía cansada. Incluso su ropa era sombría, un suéter negro de cuello alto y unos vaqueros azules, una trenca y botas de tacón alto. El cabello no parecía poseído por la misma vida sujeto a la altura del cuello.

–Señorita Spencer –dijo y la miró del mismo modo–, no es personal en absoluto. Y esto –hizo un gesto señalando lo que las rodeaba– ha sucedido únicamente porque Nicky se quedó inesperadamente prendado de mí después de que usted lo dejó con un padre que nunca había conocido –hizo una pausa y trató de articular el siguiente pensamiento–. Por favor, créame, yo no... Sé que no es función mía hacer juicios sobre la situación, así que simplemente me limito a describir los hechos. Y eso es todo lo que hay.

Asombrada, vio a Cathy llevarse una mano al rostro para contener las lágrimas que inundaban sus ojos.

–Oh –dijo Alex–. Oh, por favor, no... ¡no pretendía hacerla llorar! –miró alrededor un poco desesperada y vio la bandeja que la señora Mills había dejado mientras ella se duchaba–. Vamos... vamos a tomar un café.

–Lo siento –dijo Cathy y se sonó la nariz–, pero la razón por la que estoy aquí es que mi madre murió ayer.

–¡Oh, no! –Alex parecía horrorizada–. ¿Cómo? Pensaba que la operación había sido un éxito. Por favor, siéntese.

–Fue un éxito –se sentó después de un momento de duda–, pero tuvo un inesperado infarto.

–Lo siento mucho –le ofreció una taza de café y se sentó frente a ella–. Yo perdí a mi madre y a mi padre hace unos años, sé lo que es. Lo siento mucho.

–Gracias. Nicky también la quería mucho y ella era encantadora con el niño –sonrió–. Más que yo, en realidad. Tenía tanta paciencia... No sé qué voy a hacer sin ella. Por supuesto, no es por eso por lo que estoy tan triste.

–No –dijo Alex, y esperó.

–Me siento culpable por no haberle demostrado lo mucho que la quería. Me siento terriblemente mal porque era demasiado joven. No dejo de pensar en si tendría alguna clase de presentimiento y por eso insistió en que le hablara a Max de Nicky –se detuvo y sacudió la cabeza–. Siempre decía que debía hacerlo, pero nunca he llevado bien que me digan lo que tengo que hacer cuando sé que tienen razón. Entonces hace un mes o así dijo que lo haría ella si no lo hacía yo... por eso me pregunto si tendría una premonición... Pero no creo que nadie pueda comprender lo difícil que era hacerlo –hizo otra pausa–. No sabía cómo reaccionaríamos Max y yo y qué sentiría Nicky –rompió a llorar y cerró los ojos un momento, después miró a Alex–. ¿Qué tal están juntos Max y Nicky?

–Muy bien.

–¿Y dice que se quedó prendado de usted?

–Me lo gané con Nemo –sonrió–. Una vez hecho eso, ya estaba conseguido. Es un gran chico.

Cathy Spencer bebió café y después dejó la taza en la mesa con decisión. Alex contuvo la respiración esperando que decidiera llevarse a Nicky, pero se llevó una sorpresa.

–¿Tiene idea de cómo salgo de este lío... cómo te llamas?

–Alex, pero...

–Alex, entonces, necesito hablar con alguien –dijo Cathy recuperando un poco de su fuego–. Necesito convencer a alguien de que no soy la persona de corazón de piedra que parezco. ¡Sinceramente no creía que fuera hijo de Max! Sin entrar en muchos detalles de mi vida amorosa, había pasado de la píldora, no era para mí, pero no se lo había dicho a Max.

Hizo una pausa y Alex recordó el comentario sobre Sherezade que había hecho Max y sintió que le iba a obsequiar con uno de sus cuentos quisiera o no.

–Nos acercábamos al amargo final de nuestra relación –continuó Cathy–. Más que comunicarnos nos peleábamos. Él quería que nos casásemos, quería una esposa convencional que fuera como una joya de su casa, que nunca lo avergonzara, que siempre estuviera ahí, que siempre hiciera lo correcto. Yo no soy así. Soy un espíritu libre y no tenía ningún deseo de ser devorada por la máquina Goodwin... y es una máquina. Pasamos nuestra última tempestuosa noche, me marché y me lancé a los brazos de un amigo un par de semanas –cerró los ojos–. No pensaba con mucha claridad, pero tenía en la cabeza que desde que se deja de tomar la píldora hasta que se puede concebir pasa algo de tiempo –cerró los ojos–. Después me di cuenta de que había concebido, pero sería con... con mi amigo, era el momento adecuado del ciclo, no podía haber sido con Max. Ni siquiera consideré que mi ciclo estaba completamente enloquecido.

–Tu amigo... –dijo Alex dubitativa.

–Jamás lo supo. Oh, fue lo bastante tierno para ayudarme a reunir los trozos, pero tenía tan poco interés en atarme a él como lo tenía en atarme al imperio Goodwin –miró a su alrededor y sonrió–. Es gracioso, dadas las circunstancias, que no fuera capaz de terminar con el embarazo –bajó la vista y jugueteó con la ropa–. Creo –dijo con el ceño fruncido– que es porque creo tanto en la vida que prefiero crear cosas a destruirlas. Además, era una parte de mí –suspiró–. Por supuesto, la ironía de que Nicky fuera un mini Max fue un gran impacto.

–Tiene una parte muy parecida a ti –dijo Alex–. Le encanta dibujar y pintar. Es el niño de seis años con más dotes artísticas que he conocido –por un momento los ojos azules de Cathy brillaron–. ¿Cuándo descubriste que era hijo de Max?

–Al principio se parecía a mi padre, según mi madre, no conocí a mi padre, murió antes de que yo naciera. Después, si a alguien, se parecía a mí, y siempre habría la posibilidad de que fueran por mí el pelo oscuro y los ojos azules. Pero cuando empezó a andar y a hablar, cada vez se parecía más a Max. Ahora, hasta tienen la misma forma de cara.

–¿Por qué no se lo dijiste a Max entonces?

–No podía dejar de sentir que sería como darle a Max la herramienta para... para controlarme, pero no solo eso, quiero a Nicky y quiero lo mejor para él. Pensaba que sería mejor para él que lo criara yo sola que someterlo a... –cerró los ojos– a un padre y una madre que... –hizo un elocuente gesto y sacudió la cabeza.

Alex se apoyó en el respaldo. La casa estaba en silencio. Nicky y Nemo seguían durmiendo.

¿Qué podía decir? ¿Estaría ella esperando alguna respuesta? ¿Qué iba a decir si ella misma no tenía ningún problema en estar con Max Goodwin?

Su siguiente pensamiento fue ponerse inmediatamente a la tarea. Ella no tenía nada que ver con todo aquello. Si Max sentía algo por ella, era muy poco, eso era todo. No sabía cómo había ocurrido si realmente había llegado a existir; no sabía nada, solo podía teorizar. Probablemente sería como mucho afecto, gratitud por haberse ocupado de Nicky.

Pero sobre todo, ella era un personaje secundario en ese drama y si tenía algo de buen sentido, debería dejar de ser incluso eso.

Solo había una respuesta para la implícita pregunta de Cathy.

–Creo que descubrirás que Max también tiene interés en que Nicky esté lo mejor posible –dijo con calma y respiró hondo antes de seguir–. Y, perdóname, pero para ser sincera, si dos personas no pueden encontrar un camino que recorrer que dé al niño que han creado un camino suave y lleno de amor, no solo son tontos, para mí son increíblemente egoístas.

Capítulo 8

MESES después, Alex podía recordar palabra por palabra lo que le había dicho a Cathy, su reacción de sorpresa y cómo había resultado el resto de la fatídica mañana.

Cathy aún la miraba con los ojos abiertos de par en par cuando la señora Mills había entrado con un teléfono inalámbrico.

—El señor Goodwin quiere hablar con usted, señorita Spencer –dijo y le tendió el teléfono.

—Os dejo solos –dijo Alex levantándose.

—Gracias –Cathy se quedó un instante mirando el teléfono, después se lo llevó a la oreja–. ¿Max?

—¿Dónde estaba? –preguntó Alex a la señora Mills en la cocina.

—Corriendo, parece. No se lo había dicho a nadie y no se había llevado el móvil. ¿Quiere llevarse a Nicky?

—Creo que no –dijo tras un momento de duda–. Creo que quiere hacer lo mejor para Nicky. También acaba de perder a su madre, así que está en un momento muy vulnerable.

—Estaban bien juntos, ¿sabes? Quizá nos ocultaban al servicio el lado guerrero –hizo una mueca–, lo que no quiere decir que no tuvieran las discusiones normales, pero si los dos quieren lo mejor para el niño, ahora, quizá, cierren el lazo, ¿quién sabe? Es lo que deberían hacer.

«Si oigo eso una vez más», pensó Alex con una

sensación de ira reprimida, «voy a gritar». ¿Si estaban tan bien juntos cómo habían llegado hasta aquello y cómo iba a sobrevivir un matrimonio a algo semejante?

Pero de inmediato se puso de nuevo a la tarea. Era lo que debían hacer. ¿No era demasiado pedir que volvieran a darle forma a su relación por Nicky? No solo eso, ya eran muy diferentes, tenían que serlo. Cathy estaba sola y se sentía abandonada...

–¿Alex? –miró por encima del hombro y vio que Cathy había entrado en la cocina y le tendía el teléfono–. Max quiere hablar contigo.

–Hola –dijo Alex al teléfono.

–Alex... –dijo Max e hizo una pausa– ¿cómo estás?

–Bien, gracias.

–Alex, Cathy va a quedarse unos días hasta que las cosas se arreglen. Yo llego esta tarde...

–Señor Goodwin –le interrumpió–, en ese caso, ¿puedo irme a casa? No creo que me necesite y realmente me... me gustaría tener tiempo para mí misma.

–De acuerdo –dijo él tras un momento de duda–. Ponme con la señora Mills y lo organizaremos todo. Seguimos en contacto... y ¿Alex?

–Sí.

–Gracias por todo.

–No... no hay de qué –dijo incómoda y le dio el teléfono al ama de llaves.

–Nicky –dijo Alex una hora después de oír al niño moverse en su habitación–, ¿cómo estás?

–Bien. ¿Qué vamos a hacer hoy?

–Bueno, yo me voy a casa...

–¿Por qué? Por favor, no, ¡Alex! Nemo tampoco quiere que te vayas.

Alex sonrió con un nudo en la garganta y dijo:

—Nicky, me encantaría quedarme, pero tengo que irme. Y, además, tengo una sorpresa para ti. Ha venido alguien que de verdad, de verdad...

—¡Mi papá está en casa! ¡Yupi! —saltó de la cama con Nemo.

Alex chistó incómoda porque se preguntaba qué pensaría Cathy, que esperaba fuera, de todo eso. Había accedido a que Alex entrara primero a despedirse.

—Vendrá más tarde —dijo Alex—. En realidad, es tu madre... ¿ves? —se giró hacia la puerta y Cathy entró.

Hubo un silencio y después, como un torbellino, Nicky se lanzó a sus brazos.

No fue Stan quien la llevó a casa... Max estaba preocupado porque Cathy sintiera la repentina necesidad de huir con Nicky, así que Stan tenía que quedarse en la villa por si... ¿por si qué?, se preguntaba Alex.

Un conductor de Goodwin Minerals la recogió no mucho más tarde y de nuevo recorrió la autopista del Pacífico en dirección a Brisbane bajo un cielo gris.

Sus pensamientos estaban curiosamente paralizados. Podía pensar en Nicky y su madre, podía pensar en el desayuno, podía recordarlos despidiéndola con la mano. Podía pensar en la señora Mills y su sorprendentemente emocionada despedida...

En lo que no podía pensar era en lo que iba a hacer. Cuando se dio cuenta, estaba en casa.

—¿Es aquí, señora? —preguntó el conductor.

—¡Oh, sí! Muchas gracias.

—¿Necesita que la ayude con el equipaje dentro de la casa? —preguntó abriéndole la puerta.

—No, solo hasta la puerta será suficiente. Puedo arreglármelas. Muchas gracias.

Pero diez minutos después de que se hubiera marchado el conductor, Alex estaba sentada en el jardín al lado de la puerta con el contenido del bolso esparcido por el banco y ni rastro de las llaves. Había movido todos los tiestos, pero no había una llave bajo ninguno y Patti, que tenía una copia, estaba fuera. El único consuelo era que no llovía, aunque amenazaba lluvia.

En ese momento se oyó un conocido Bentley azul marino detenerse en la acera frente a la casa. Alex tenía los ojos llenos de lágrimas por la acumulación de frustraciones. De hecho, no se dio cuenta de que estaba el Bentley hasta que Max Goodwin apareció delante de ella.

Alzó la vista, sacó un pañuelo del bolsillo y dijo:

—¡Max! ¿Qué haces aquí? —se sonó la nariz y se puso de pie de un salto—. Iba a decir que no podía creerlo, pero seguramente sí... ¡No encuentro la llave! Y mi vecina no está.

Max Goodwin buscó en el bolsillo de la chaqueta azul marino, la misma que llevaba el día que lo conoció, y sacó su teléfono móvil. Pulsó algunos botones y después dijo:

—Margaret, necesito un cerrajero inmediatamente —y le dio la dirección, después dio las gracias y colgó.

—Gracias —tartamudeó Alex—, pero sigo sin entender por qué estás aquí.

—¿No? —la miró de arriba abajo—. Tenemos que hablar, Alex.

—No creo que tengamos que hablar de nada. Quiero decir... —intentó ofrecerle una sonrisa, pero no le salió muy bien— que no tengo nada en contra de hablar contigo... —se detuvo y abrió mucho los ojos cuando se paró delante de la casa una furgoneta amarilla en la que ponía: *El cerrajero a domicilio*—. No puedo creerlo

–dijo–. Sabía que solo tenías que hacer sonar los dedos para que la gente acudiera corriendo, pero esto es... ¡asombroso!

Max se dio la vuelta para mirar la furgoneta.

–No es porque yo haya hecho sonar los dedos, es la magia de Margaret, pero –sonrió– esto es rápido incluso para ella.

El cerrajero les explicó que acababa de terminar un trabajo unas manzanas más allá cuando le habían llamado. No le llevó mucho abrir la puerta de Alex.

–Yo... –empezó ella cuando el cerrajero se marchó–. ¿No deberías estar de camino a la costa? Te esperan allí.

–Ya iré. Después de ti –agarró las dos bolsas, ella ya había metido todo en el bolso.

Alex dudó un momento y después lo precedió entrando en la casa justo cuando empezó a llover. Él dejó las bolsas en el suelo y cerró.

–Ha estado amenazando lluvia toda la mañana.

–Sí –se mostró de acuerdo ella mientras encendía algunas luces.

Max miró a su alrededor. El tapiz de la pared, los cojines, los recuerdos y las plantas.

–Muy tuyo, Alex –dijo mirando una acuarela de Ciudad del Cabo.

–Gracias –dejó el bolso y se encogió de hombros–. No estoy segura de qué significa eso, pero ha sonado como un cumplido. Me lo tomaré así.

–Ha sido un cumplido... para una chica especial. Pero... –hizo una pausa.

–No va a funcionar, ¿no? Quiero decir que si te casas con ella, no me necesitarás y...

–¿Quién dice que voy a casarme con ella?

–Es de lo que habla todo el mundo en las últimas cuarenta y ocho horas.

–¿Quién? –insistió.

–Todo el mundo es una exageración, pero tu hermana, tu primo, el ama de llaves.

–Estoy seguro de que mi secretaria también votó a favor –sonrió.

–Es curioso, pero no –apoyó las manos en el respaldo de una silla–. ¿Vas a hacerlo?

–¿Casarme con Cathy? –se quedó en silencio y ella pensó que nunca había visto sus facciones tan finamente esculpidas–. Aún no lo sé, pero puedes descansar porque te aseguro que pretendo dar a Nicky un camino que recorrer suave y lleno de amor.

–¿Te... –se ruborizó– te lo ha dicho?

Max asintió.

–Quizá no debería haberlo dicho –su voz apenas era audible.

–Alguien tenía que decirlo. Y, en lo que respecta a mí, he sido tan egoísta como... como los demás.

–Bueno, buena suerte. Yo... yo realmente te deseo lo mejor, pero... –dudó– el trabajo como intérprete personal no va a funcionar tampoco, ¿verdad? –lo miró brevemente.

–Alex, mírame –dijo con tranquilidad. Lo miró después de un momento de duda–. No, no va a funcionar –dijo finalmente–. De hecho, fue una falta de tacto por mi parte ofrecértelo, pero tengo una sugerencia alternativa –Alex alzó las cejas–. El cónsul de China en Brisbane está buscando un ciudadano australiano y residente aquí que hable mandarín fluidamente. El señor Li tiene relaciones con el consulado y está impresionado contigo. Parece un trabajo interesante, mucho más que el que haces para Wellford, mejor orientado. Y está relacionado con la carrera diplomática.

Alex abrió y cerró la boca un par de veces y al final dijo:

–¿Cómo demonios has tenido tiempo para ocuparte de eso?

–He tenido una sesión de lluvia de ideas ayer temprano y luego estuve con el señor Li –se encogió de hombros–. He tenido día y medio para hacerlo todo.

–Así que fue antes de que Cathy apareciera cuando decidiste... –dejó la pregunta en el aire.

–Sí, antes de que llegara Cathy –dijo él–. Alex, lo nuestro nunca funcionaría –aunque su tono era decidido, sus ojos decían que odiaba pronunciar esas palabras... ¿porque ella le daba pena?–. ¿Alex? ¿Te interesaría?

Ella se dio la vuelta y respiró hondo para contener las lágrimas. Tragó varias veces y después se volvió, rodeó la silla y se sentó.

–Parece interesante. Yo... ¿podría pensarlo? –dijo un poco inestable.

–¿Tienes otra cosa en mente? –preguntó sin responder.

–Supongo que siempre podría volver con Simon.

–Simon Wellford va a hacer mucho trabajo para nosotros.

Sus palabras cayeron como guijarros en un estanque, provocaron ondas y esas ondas no tardaron en mostrar sus implicaciones: demasiado cerca de él para resultarle cómodo.

–Ya –dijo ella–. Bueno, me alegro de que no haya perdido ese trabajo por mí, aunque se estará tirando de los pelos buscando otra traductora de mandarín. No, no tengo nada en mente, así que muchas gracias, lo consideraré.

Max sacó un sobre del bolsillo de su chaqueta y lo dejó en la estantería.

–Todos los detalles están ahí –señaló el sobre–. Hay otra cosa que tiene que llegar en breve –miró el reloj.

–No tienes que hacer nada más por mí –dijo ella–. En realidad, ya has hecho mucho.

–Espera y verás.

–No –intentó decir con firmeza, pero le falló la voz–. Tengo que manejar esto por mí misma –añadió en un tono apenas audible–. No me preguntes por qué, pero es así –hizo un gesto y después se sintió angustiada por una terrible posibilidad–. No... Paul no –tartamudeó–. No podría.

–No, no es Paul –dijo él–. En realidad, Paul me ha dejado. Se va a Harvard para un semestre, a estudiar gestión de empresas.

Alex dejó escapar un gran suspiro.

–Pero es un compañero, Alex –siguió–. Y...

–No –repitió ella cuando llamaron a la puerta.

Max juró entre dientes y después abrió la puerta. Apareció el conductor que la había llevado desde la costa.

–Lo siento, señor –dijo–, pero la lluvia ha enturbiado el tráfico. Aquí la tengo –dejó una bola de peluche blanco en el suelo–. Lady MacPherson le da las gracias, se llama Josie y... –miró la bolsa que llevaba en la otra mano– este es su equipaje.

–Gracias. Yo la sujeto.

El conductor le dio la bolsa y desapareció. Max cerró la puerta mientras empezaba a llover otra vez. Alex estaba hipnotizada.

–¿Un perro? –dijo incrédula.

–¿Qué esperabas? –la miró fríamente.

–No... no sé, pero no esto.

El cachorro miró a su alrededor, luego a Max y después a Alex. Corrió hacia ella.

–Es una bichon frise. Una de las razas favoritas de la corte francesa, confía en Olivia –dijo irónico–. Son amables, alegres y no sueltan mucho pelo. Tiene unos nueve meses y está bien entrenada.

Josie se sentó delante de Alex y la miró con unos preciosos ojos marrones que derretirían el corazón de una piedra.

–Pero... pero ¿cómo? –lo miró a los ojos–. No entiendo.

–Livvy y Michael dividen su tiempo entre esto y el Reino Unido, pero esta vez se van allí al menos dos años. Livvy me comentó hace un par de semanas que estaba buscando un buen hogar para Josie.

–Y... ¿pensaste en mí?

–Temía que ya la hubiese colocado, pero Livvy es particularmente complicada –se encogió de hombros–. He visto por mí mismo cómo quieres a los perros, y me dijiste que tu vecina y tú habíais hablado de tener uno a medias, así que sí, pensé en ti. Parece que prefiere las mujeres a los hombres.

Alex sintió una oleada de amor y pena. Amor porque Max Goodwin podía ser encantador y pena porque nunca sería para ella.

Josie levantó delicadamente la pata y la apoyó en la rodilla de Alex y esta habría jurado que había una mirada de ruego en sus ojos.

–Bueno, bueno, corazón, en ese caso, ¿cómo voy a poder decir que no? –se inclinó a acariciarla y la perra cerró los ojos extasiada.

Y, aunque ella no pudo verlo, al mirarlas, los hombros de Max se relajaron.

–Gracias –dijo Alex trémula–. Me ha sorprendido de verdad. Es preciosa. Puedo acabar como Nicky y Nemo si no tengo cuidado –se irguió y Alex supo lo que tenía que hacer–. Bueno, a menos que tengas más sorpresas, supongo que ha llegado el momento de despedirse, señor Goodwin –le tendió la mano.

Él no la estrechó. La miró a los ojos y notó el esfuerzo que hacía por mantener la compostura.

–Alex –dijo casi en un susurro–, lo superarás. Eres muy joven, eres encantadora y refrescante... créeme, esto pasará. Además eres lo bastante sensata como para dejarlo atrás.

–¿Lo soy? –dijo ella, pero de inmediato sacudió la cabeza–. No respondas. Mira, muchas gracias por todo... seguro que podré. Solo deseo... –guardó silencio y se mordió el labio inferior.

–¿Qué?

–No, nada.

–Alex, sabes que nunca habría funcionado.

–¡De acuerdo! –cerró los ojos frustrada y después los abrió–. Solo me gustaría tener algo que regalarte – se encogió de hombros.

–Ya me has regalado mucho. Me has regalado... sabiduría donde menos lo esperaba –hizo una pausa y después sacó las llaves del coche–. Cuídate, Alexandra Hill –dijo muy bajito.

–Usted también, señor Goodwin –no pudo contener las lágrimas–. Usted también.

Max dudó un momento y después se dio la vuelta y salió por la puerta.

Alex se quedó de pie donde estaba meciéndose como un arbolillo en una galerna. Se quitó las gafas y se agachó a acariciar a Josie, después la levantó en brazos y lloró contra su pelo.

–Perdona, corazón –dijo secándose los ojos–. No creía que jamás me pudiera sentir así por un hombre. Espero que tenga razón y que esto se pase.

Se sentó y Josie se acurrucó a su lado.

–Espero que tenga razón –repitió mirando al techo.

Capítulo 9

CUATRO meses después, Alex tenía un ocupado y satisfactorio ritmo de vida.

Su trabajo en el consulado chino había resultado ser un tesoro. Mientras que con Wellford había trabajado sola y a menudo desde casa, en ese trabajo siempre tenía que estar fuera y tratar con el público.

Había tenido que comprar ropa para el trabajo y, aunque no llegaba al nivel de la ropa que se había puesto para trabajar con Max Goodwin, se había olvidado de la ropa anterior, tenía pocas semejanzas con la chica que había parecido una bibliotecaria. También tenía amigos en el trabajo.

En casa, Patti había estado encantada con Josie, y la perra había tomado su nueva vida de tener dos casas y dos amas con aplomo.

También había sido un salvavidas. Volver a una casa en la que había una perrita en lugar de un espacio vacío había marcado la diferencia. Pasear con el animal en la cesta de la bicicleta los fines de semana era divertido.

Al principio no había resultado fácil. El vacío que Max Goodwin había dejado en su vida había sido como perder una parte de sí misma. Aún le sorprendía la intensidad del sentimiento que le había provocado en tan poco tiempo. Y tenía que admitir que no solo echaba de menos a Max. También a Nicky, a la señora Mills, a Margaret, incluso a Stan y Jake.

Pero era Max quien poblaba sus sueños, quien le paraba el corazón. Y aunque no tenía ni idea de qué le diría si se lo encontrara, apretaba el paso para adelantar a la gente cuando creía haberlo visto. La vida era un desierto sin él, y solo verlo, solo decirle «hola» sería como llegar a un oasis. Pero nunca era él.

Habían pasado semanas y no había leído que Max se hubiera casado con Cathy. Había pensado que seguramente Simon lo sabría, pero inmediatamente había decidido que eso no supondría ninguna diferencia.

Pensaba que si descubría que no se había casado con Cathy, pero que jamás volvería con ella, eso la mataría. Era mejor aceptar para siempre que mientras ella se había enamorado, él había sentido un poco de atracción sexual, eso era todo.

Aquello le facilitó las cosas y los meses pasaron, el invierno dejó paso al verano.

Llegó un momento en que raramente pensaba en todo aquello, solo cuando estaba excesivamente cansada y tenía la guardia baja. O cuando algún hombre se le aproximaba y ella apenas podía mantener las distancias.

De otro modo, se mantenía ocupada con el trabajo, todo el mundo pensaba que era brillante y divertida y no se daban cuenta, porque no la conocían desde hacía suficiente tiempo, que era algo artificial. Y cuando en el consulado se descubrió que no conducía, lo que en el trabajo era una ventaja porque le hubiera permitido utilizar un coche de la legación, empezó a ir a la autoescuela.

Resultó irónico que la primera persona con la que chocó, literalmente, fuera Simon Wellford durante una de sus clases. Al aparcar dio con la parte trasera a otro vehículo.

Una hora después, estaba sentada con Simon en un bar tomando un brandy para tranquilizarse.

—No te preocupes —le dijo Simon—. Tienen un buen seguro. Yo tengo seguro, nadie ha resultado herido, y tampoco el daño es muy grande.

—Excepto para mi reputación —sonrió ella—. ¿Habrá algún profesor que quiera ir conmigo?

—Si lo recuerdas, yo tuve una pequeña colisión yendo contigo a la entrevista a las empresas Goodwin, y llevaba años conduciendo.

—¡Me acuerdo! ¡Menudo día!

—¿Has vuelto a ver a Max Goodwin?

Ella negó con la cabeza y bebió un sorbo de brandy.

—Me dio un montón de trabajo —recordó Simon—. Aún me lo da, pero me senté un poco mal que te mandara al consulado chino en lugar de conmigo —confesó sincero—. ¿No tenía algunos planes de que trabajases para él? —la miró con curiosidad.

—No prosperaron —murmuró Alex.

Simon la miró un momento. Estaba elegante y guapa, pensó. Había mantenido el peinado y casi no llevaba maquillaje. Tampoco gafas, así que sus ojos eran asombrosos. Pero parecía... ¿mayor? Ya no era la alegre y cándida muchacha que él había contratado. Había crecido muy deprisa, ¿por qué?

—¿Tienes alguna relación con él? —se oyó preguntar Alex.

—No. Lo lleva todo el personal. De hecho, parece haber estado fuera de la escena una temporada. Cilla no ha tenido noticias suyas últimamente. Se esperaba que se casara con la pintora... Cathy Spencer. Seguramente has oído hablar de ella... se está haciendo un nombre. Parece que también es la madre del hijo del que te hablé, pero al final no se casaron.

Alex sintió que el corazón se le paraba y volvía a funcionar.

–¿Sabes? Rosanna no espera un solo bebé, espera dos –añadió Simon.

Alex se alegró desproporcionadamente con la noticia. No era que no estuviera feliz por Simon, a quien preguntó todos los detalles, sino porque era un cambio de tema que necesitaba desesperadamente. Y ya fue de lo que hablaron el resto del tiempo.

–Josie –murmuró después de recogerla en casa de Patti–. Puede que esta noche no sea la mejor compañía, corazón. No sé por qué, siempre supe que no era para mí, pero ¿cuándo va a dejar de dolerme tanto? –preguntó con la voz rota.

Tres semanas después, una radiante mañana de sábado Alex llevó a Josie de paseo por el parque de al lado del río. Se llevó la comida y se sentó a comer en un banco a la sombra de un árbol.

El cielo azul, la tierna hierba, las flores, el río, todo contribuía al bienestar de Alex. Se había llevado un libro para leer.

Llevaba unos vaqueros cortos, una sudadera y una camiseta rosa oscura. Tenía el pelo recogido.

Desenvolvió los sándwiches y se sirvió un poco de refresco. Josie tenía un hueso que la mantendría ocupada un buen rato y su cuenco de agua.

Alex estaba eligiendo entre un sándwich de huevo y lechuga y otro de jamón con tomate cuando unas piernas con vaqueros se detuvieron delante de ella. Alzó la vista

–¿T... tú? –tartamudeó.

–Sí –asintió Max Goodwin sentándose en el banco a su lado y Josie se distrajo un momento.

La perra le enseñó los dientes y después volvió al hueso.

–Ya veo que nada ha cambiado, sigue siendo antihombres –dijo con una sonrisa–. ¿Cómo estás, Alex?

Alex miró los sándwiches y los volvió a meter en la bolsa. Parpadeó y tragó y finalmente lo miró.

–Estoy bien, gracias. ¡Qué coincidencia encontrarnos en el parque! ¿Es por Nicky? –miró a su alrededor.

–No. Ahora está con su madre. Te encantará saber que divide su tiempo entre los dos bastante felizmente.

–No te... –dudó un momento.

–No, no me casé con Cathy –esperó, pero Alex solo era capaz de humedecerse los labios–. Llegamos a un acuerdo –dijo él entonces–. Si hay una cosa sagrada entre nosotros, es Nicky –se encogió de hombros–. Es asombroso cómo todo parece haber encontrado su sitio. Cada uno sigue su camino, pero en esto vamos juntos.

–Me alegro mucho. ¿Quieres un sándwich? –le mostró la bolsa y él eligió uno.

–Gracias, pero lo que me gustaría es saber cómo estás.

Ella tomó un sándwich sin mirar mientras su mente corría a toda velocidad. Casi cinco meses habían provocado algunos cambios en Max Goodwin. Seguía siendo alto, por supuesto, pero algo de su vitalidad parecía haberse perdido. Llevaba el pelo más corto, pero en sus ojos se adivinaba... ¿presión? Esa presión que ya había visto una vez.

Nada de eso hizo lo más mínimo para reducir el impacto sobre ella. Era como llegar a un oasis en el desierto estar con él, hablar con él, respirar con él. Pero ¿en qué acabaría todo eso? Un encuentro en el parque y después, para ella una nueva batalla contra sí misma. Eso era lo que iba a suceder, pero ¿qué podía hacer si ella le mostraba lo mucho que aún la afectaba?

¿Qué sería de ella si se permitía concebir esperanzas? En los cinco meses en que no se había casado con Cathy, no había hecho ningún esfuerzo para contactar con ella.

Así que lo más probable era que siguiera sola, y cuanto antes se acostumbrara a ello, mejor.

−¿Alex?

−Perdón, estaba recordando −dijo con una súbita sonrisa−, pero tenías razón. Estoy bien. Creo que ser víctima de algo como aquello −parecía sincera− por primera vez a la avanzada edad de veintiún años hace que se sienta una peor de lo que realmente está.

−¿Un desengaño? −sugirió él.

−Sí, pero ya estoy bien −dijo en tono serio−. Aunque debo agradecértelo. Tuviste mucho tacto y al darme a Josie y conseguirme el trabajo estuviste inspirado.

−¿Hay alguien en tu vida, Alex?

−Bueno, no he llegado tan lejos −reconoció−, veintiún años puede ser una buena edad para sufrir tu primer desengaño, no es que sea una edad muy avanzada, pero... Mientras tanto, he estado un mes de vacaciones en Beijing, estoy preparando el currículo para el cuerpo diplomático. Estoy aprendiendo a conducir, o estaba −puso un gesto cómico.

−¿Qué ha pasado? −miró la bicicleta de ella apoyada en un árbol.

−Tuve un accidente. Me choque contra Simon. Por cierto, gracias por todo el trabajo que le has dado. Real-

mente lo aprecia. Pero díme... –lo miró con calidez–
¿cómo está todo el mundo? ¿Margaret? ¿La señora
Mills? Las echo de menos.

–Todo el mundo está bien.

–¿Y el negocio chino?

–Encarrilado. Así que nada de ataques de pánico
entonces... –la miró con los ojos entornados.

–Realmente estoy bien –dijo en tono completamente despreocupado.

–Lo pareces –murmuró él mientras se fijaba en el
pantalón corto–. Aún tienes las mejores piernas de la
ciudad.

Alex se echó a reír.

–Te enfadaste mucho con mis piernas, si no recuerdo
mal –se encogió de hombros–. Pero es bueno poder
reírse en retrospectiva.

–Sí, bueno... –se pasó una mano por el pelo–. No
puedo ofrecerte llevarte a casa por la bici, pero me alegro de haberte visto, Alex.

–¡Yo también! –dijo con entusiasmo.

–No te levantes –dijo él levantándose–. Gracias por
el sándwich –dijo con una sonrisa–. Hacía un año que
no comía huevo y lechuga. Ah, por cierto, Nicky te
manda muchos recuerdos. Siempre me dice que si me
encuentro contigo, te lo diga.

–Oh, por favor, dile que lo quiero mucho –respondió Alex con afecto–. Adiós, señor Goodwin.

–Adiós, señorita Hill.

Alex lo miró alejarse y se sintió confusa. Había
sido una interpretación impresionante, todo mentiras,
pensó aturdida. ¿Dónde había aprendido a actuar de
ese modo?

Se llevó la mano al corazón y miró a Max Goodwin
hasta que lo perdió de vista. Había algo diferente en él,
algo que no era capaz de descifrar...

Recogió todo y se fue a casa. Josie parecía casi humanamente preocupada durante el camino.

–¡Toc, toc! –Patti entró por la puerta y se encontró con Alex y Josie viendo la televisión–. ¿Te ha encontrado?

–¿Quién me ha encontrado? –bajó la televisión con el mando a distancia.

–Tu antiguo jefe. El tipo del Bentley... Max Goodwin.

Alex frunció el ceño aún con el mando en la mano.

–No sabía que me buscara.

–Bueno, pues sí. Le dije que habíais ido al parque. ¿Te ha encontrado?

–Sí –dijo con una voz que no parecía la suya–. Pero pensaba que había sido una casualidad. No dijo nada.

Patti se sentó a la mesa.

–No es la clase de tipo que te encontrarías en un parque a no ser que fuera con un niño o con un perro.

–No –dijo Alex despacio–. ¿Por qué no lo he pensado? Bueno, al principio sí, pero... –no acabó la frase.

–¿Ha estado enfermo?

–También a mí me ha parecido diferente, pero... ¿qué te hace pensar eso?

–Era enfermera –se encogió de hombros–. Algunas veces desarrollas un sexto sentido.

Cuando Patti se fue, Alex se quedó muy pensativa.

¿Por qué había querido verla? Podía no tener contacto con ella, pero había sabido que el señor Li aún hacía traducciones para Goodwin Minerals y el señor Li aún mantenía el contacto con el consulado, así que tenía que estar al día de sus progresos.

Si Max hubiera querido saber que todo estaba bien, ese hubiera sido el cauce perfecto...

Entonces, ¿por qué había querido verla después de haber hecho todo lo posible para cortar limpiamente con ella? No parecía tener sentido a menos que...

Pero ¿por qué esperar cinco meses?

Frunció el ceño. Una y otra vez volvía sobre que había algo en él que iba mal. Sabía con el corazón que no todo estaba bien.

Entonces se le ocurrió que la gran pregunta era qué hacer consigo misma y que esa pregunta era solo para ella. Y solo había una palabra que definía cómo afrontarla: valor.

Parecía melodramático, pensó, pero ¿había llegado el momento de aceptar que su futuro no valía la pena si no era con él? Y huir de eso solo para salvarse era cobardía.

La impersonal voz que salía del intercomunicador del ático, reconoció que era la de Jake, le informó de que el señor Goodwin ya no vivía allí y que para cualquier cuestión había que dirigirse a la oficina. Eso no era posible una mañana de domingo.

Lo que sí era posible era meterse en un tren con dirección a la Costa Dorada y tomar un autobús hasta la isla, o un taxi si no había autobuses. Pero ¿y si tampoco estaba allí? ¿Y si la señora Mills o Stan o los dos tenían el día libre? Por supuesto, tenía el número de la villa, pero sabía que todas las llamadas entrantes eran filtradas.

«Ignora todos los *y si* ... o no harás nada», se dijo Alex.

El viaje en tren le llevó alrededor de una hora y no había autobuses. Así que tomó un taxi hasta Paradise

Point y decidió cruzar el puente caminando. Lo había recorrido con Nicky varias veces, era un paseo agradable. Se detuvo y pensó en comprar algo para almorzar primero y comérselo en el parque.

Se volvió a detener en medio del puente para mirar las aguas que brillaban debajo.

Era domingo y había muchas embarcaciones, desde motos de agua hasta barcos. Había pescadores en la playa y gente almorzando en el parque. Al mirar hacia Surfers Paradise, al suroeste, sin embargo se veían unas altas nubes que presagiaban que ese día también podía acabar con tormenta.

Respiró hondo. El sudor le corría entre los omoplatos bajo la blusa blanca que llevaba. Echó a andar de nuevo.

Media hora después, cruzaba el puente en sentido contrario. En la casa no había encontrado señales de vida y nadie había respondido al timbre.

No podía decir qué sentimiento predominaba entre todos. Era una mezcla de tristeza y frustración, se sentía tonta y descorazonada, y, algo nuevo, aprensión mientras caminaba en dirección oeste hacia los brazos de lo que parecía una feroz tempestad.

Aceleró el paso. El pequeño centro comercial de Paradise Point podría darle cobijo, pero ¿llegaría a tiempo?

La tormenta era tan intensa que no notó que un coche pasaba a su lado en el momento en que caían las primeras gotas. Hubo un sonido de neumáticos al frenar y se dio la vuelta a mirar.

Era un Bentley azul marino; era Max Goodwin con unos pantalones de verano y una camisa negra que se inclinaba a abrirle la puerta.

Se le subió el corazón a la garganta y, a pesar de que llevaba horas pensando en ello, de pronto sintió que no estaba preparada para ese encuentro. Parecía que estaba clavada en el pavimento a pesar de que la lluvia arreciaba.

–Alex, entra –ordenó él–. Si no me equivoco, se va a poner a granizar.

–¡Oh, el coche! –dijo volviendo a la vida y entrando.

–Olvídate del coche... ¿Qué haces ahí fuera?

–Bueno... yo...

El cielo se abrió y él rugió algo que no pudo oír ni ver nada hasta que los limpiaparabrisas aumentaron de velocidad. Un instante después se detenían ante la puerta del garaje, que Max abrió activando un mando a distancia.

Entraron al garaje en el momento en que empezaba a granizar. El sonido era ensordecedor mientras se dirigían a la cocina, allí permanecieron de pie uno al lado del otro mirando por la ventana cómo caían granizos del tamaño de pelotas de golf.

Después de cinco minutos, tan repentinamente como había empezado, la granizada terminó, aunque siguió lloviendo suavemente. Max se volvió a mirarla.

–Tienes suerte de que esto no te haya sorprendido en la calle –encendió las luces de la cocina.

–Sí –reconoció ella–. Gracias por parar.

–¿Qué otra cosa esperabas que hiciera?

–No lo sé –se agarró una mano con la otra.

–¿Por qué estás aquí, Alex? –preguntó con calma.

Por un momento, probablemente porque le resultaba imposible creer que él pudiera alegrarse de verla, estuvo tentada de decir que había sido pura coincidencia, pero era algo difícil de mantener.

Lo miró fijamente y notó que esa indefinible diferencia seguía ahí. Quizá no era un problema de salud.

¿Podría ser una preocupación? ¿Podría ser que aunque no fuera capaz de vivir con Cathy, o ella con él, nunca hubiera dejado de amarla?

¿Suponía eso alguna diferencia para su decisión? Siempre había existido esa posibilidad.

–Estaba preocupada.

Él no se movió ni respondió de inmediato. Cruzó los brazos, se apoyó en la encimera y después preguntó sin responder.

–¿Cómo has llegado hasta aquí?

–En tren, en taxi y andando. Primero lo intenté en el ático, pero no estabas.

–¿Por qué estabas preocupada?

–Porque siento que hay algo que va mal.

–Ayer... –dijo él dubitativo.

–Ayer... –hizo una pausa y se encogió de hombros– ayer... me pareció importante demostrar que estaba bien y no estoy aquí para darle la vuelta a eso. Sé que no hay futuro para nosotros, lo he aceptado. Solo pensaba... ¿puede haber algún modo en que yo pueda ayudar?

–¿Ayudar? –repitió.

–Seguro que parece una tontería... –sus ojos reflejaban ansiedad.

–Si tú supieras... –su tono era áspero.

Alex se quedó paralizada mientras se trasladaba a la noche del baile y su encuentro en la escalera cuando él le había dicho que ella sería la última persona a la que se lo diría si supiera lo que le pasaba...

Perdió los nervios por completo. Giró sobre los talones y corrió hacia la puerta, la abrió y corrió por el jardín sin importarle la lluvia, sin importarle nada salvo que no estaba hecha a prueba de esa clase de sufrimiento.

Él la alcanzó cuando llegaba casi a la carretera.

–Alex, no... ¿qué demonios haces? –le rodeó la cintura con las manos al tiempo que se le escapaba un gemido.

Ella volvió a quedarse paralizada y se volvió a mirarlo.

Estaba pálido y la lluvia le corría por el rostro.

–¿Qué? –preguntó ella–. ¿Qué pasa?

–Es mi pasado... es mi maldita vida entera.

–¿Pasado? ¿Qué pasa con él? –tartamudeó.

–¿Puedes venir dentro y dejar que te explique?

–¡Pensaba que estabas enfadado! –protestó mientras la lluvia le goteaba desde las pestañas y le corría por las mejillas–. Aún lo pienso... –la emoción llenaba su voz– y...

–Alex –la interrumpió–, no, y nos vamos a calar hasta los huesos, hay relámpagos... tenemos que meternos dentro.

–¡La señora Mills nos matará si le manchamos todo!

–Vamos a la lavandería, una vez secos podemos subir a cambiarnos –dijo práctico.

–Pero yo no tengo nada para cambiarme.

–Sí, lo tienes –la llevó hacia la puerta de la lavandería–. Tu ropa sigue aquí.

–Pensaba que se la habrían dado a alguien.

–No, no he visto el momento.

Seguía dando vueltas a ese último comentario mientras se duchaba y se cambiaba de ropa en su antigua habitación. Había mirado a través de la puerta había visto que el dormitorio de Nicky seguía casi igual: juguetes, ropa... dos juegos de todo para hacer más fáciles los traslados de casa de su madre allí.

Había una cosa nueva: una fotografía enmarcada de los tres, bueno, de los cuatro. Max, Cathy, Nicky y Nemo.

Era una fotografía feliz; Nicky parecía despreocupado y contento, lo mismo que sus padres que lo miraban sonriendo.

De vuelta a su dormitorio, se dio cuenta de que allí seguía toda la ropa que le habían comprado para su cambio de imagen como la había dejado cinco meses antes, incluyendo la ropa interior que nunca llegó a usar.

Recorrió la ropa colgada, al menos la mitad estaba sin estrenar, y dudó sobre qué sería lo menos formal, decidió que la que Margaret había elegido para el crucero por el río.

Unos pantalones rectos azul marino y una blusa verdemar y alpargatas a juego. Era el atuendo de más color de todos los que habían elegido, recordó.

–¿Pero es momento de pensar en la ropa? –musitó mientras se vestía con manos temblorosas.

Max ya estaba en la cocina cuando ella bajó y había abierto una botella de vino y servido dos copas. También había una bandeja de canapés en la mesa que la señora Mills debía de haber dejado para él. Diminutos sándwiches de pepino, queso, un cuenco de aceitunas y frutos secos.

–Podemos llevarnos todo al estudio –dijo él cuando ella entró en la cocina.

–Aquí está bien –murmuró ella tirando de una silla.

Max se sentó enfrente y apartó a un lado un jarrón de margaritas.

–Tuve un accidente –dijo él–. Hace como unos tres meses. Fue una de esas cosas estúpidas y extrañas. Me caí de una escalera y me rompí una vértebra, entre otras cosas.

–Eso es horrible –lo miró parpadeando–, pero ¿qué hacías subido a una escalera?

Max sonrió con considerable ironía.

–Estaba jugando al críquet con Nicky, golpeé una bola que acabó en un canalón. Nemo torció corriendo la esquina justo en el momento en que yo bajaba. Golpeó la escalera, perdí el equilibrio y caí –bebió un poco de vino y se llevó una aceituna a la boca–. Después vinieron varias operaciones y algunas dudas sobre si recuperaría completamente la movilidad.

–¿Por qué no ha salido nada en los periódicos? –preguntó con los ojos muy abiertos.

–Lo mantuve lo más en secreto posible en razón de mis negocios. Seguía plenamente operativo mentalmente la mayor parte del tiempo y, algunas veces, solo un rumor de que quien está al mando no está presente consigue desestabilizar el mercado.

Alex estaba a punto de decir: «por eso la hermana de Simon pensaba que habías desaparecido de la escena», pero se lo pensó mejor.

–Lo siento mucho –lo miró con sincera preocupación–, pero puedes caminar aunque aún duela... ¿es solo cuestión de tiempo que el dolor desaparezca?

–Eso me han dicho. En seis semanas estaré sin dolor y volveré a la normalidad.

–Bueno, eso lo explica. Sabía que había algo distinto. Habría dicho por tu mirada que estabas sometido a una intensa presión. En realidad, pensaba que tendría que ver con Cathy.

–¿Por qué? –se recostó en el respaldo.

Alex bebió un poco de vino y deseó no haber sacado el tema. Recordó que nunca le había llevado a ningún sitio eludir responder a sus preguntas. Miró fijamente los canapés y dijo:

–Porque... ¿porque no hubieras sido capaz de convencerla de que os casarais aunque aún la amas?

Un denso silencio siguió a las palabras de Alex. Ha-

bía dejado de llover, pero los canalones seguían go-
teando. El cielo seguía gris.

–Podría haberme casado con ella. Al final era lo
que ella quería, es gracioso.

–No entiendo –dijo ella en un susurro.

–¿No? –suspiró con fuerza–. No puedo reprochár-
telo. Yo tampoco me he entendido a mí mismo hasta
que ya era demasiado tarde. Pero descubrí que no podía casarme con nadie... a menos que fuera contigo.

Alex se quedó pálida.

–Pero –se humedeció los labios– fuiste tú quien
dijo que había que poner distancia entre nosotros. De-
jaste claro que no tenía que hacerme ilusiones. Tú...

–Alex –la interrumpió–. Me convencí a mí mismo
de que no era para ti. Sabía que habría sido demasiado
fácil depositar mis penas, mis cargas en ti... –sacudió
la cabeza y no terminó la frase.

Los labios de Alex formaron una O perfecta.

–No te muestres tan sorprendida. Te besé.

–Lo sé –dijo en un jadeo–, pero eso fue al calor del
momento. Seguramente sería gratitud y afecto que se
fue un poco de las manos, eso fue todo.

–No fue eso –sonrió él–, ni tampoco fue la primera
vez que pensé en ti de ese modo. Oh... me decía lo
mismo una y otra vez –se levantó y rodeó la mesa. Tiró
de una silla y se sentó frente a ella–. Alex, te besé porque no pude evitarlo, pero luego me di cuenta de que
tenía que poner fin a aquello antes de hacerte daño.
Por eso hice lo que hice. No sabía –dijo con intensidad– cómo iba a manejar lo de Nicky y Cathy, más es-
pecíficamente lo de Nicky, sin casarme con Cathy y
tratando de hacer las cosas bien. No sabía –añadió en
un volumen apenas audible– cómo me iba a sentir
cuando te fuiste.

–¿Cómo te has sentido?

–Me desperté una mañana y pensé: y si no la vuelvo a ver sonreírme de repente, cuando menos me lo espero, mi vida ya no valdrá la pena.

Alex lo miró asombrada.

–También a mí me pilló de sorpresa –dijo sincero–. También abrió las compuertas. Creo que recuerdo perfectamente cada una de las palabras que me has dicho. Recuerdo el par de veces que te he tenido entre mis brazos, y no solo la agradable sensación de tenerte, sino que cada vez que lo recuerdo, me preocupo por si vuelves a tener ataques de pánico y no estoy para ayudarte –respiró hondo–. No puedo entrar en la sala verde en Brisbane sin imaginarte; lo mismo que en el salón rosa de aquí, o en el estudio. La señora Mills me preguntó qué hacía con la ropa que te habías dejado. Le dije que la dejara donde estaba... algunas veces voy a mirarla –alzó los hombros–. Siempre acaricio el primer vestido que te pusiste para el cóctel, recuerdo tus piernas... aunque en realidad, fueron tus ojos lo que me cautivó primero.

Alex parpadeó.

–¿Recuerdas la primera entrevista?

Ella asintió.

–¿Cuando te pedí que te quitaras las gafas? Eso me hizo cambiar de opinión sobre ti, Alex, esos hermosos ojos. Ejercían un extraño poder sobre mí y así lo han hecho hasta ahora. Así que –se recostó en el respaldo y cruzó los brazos– después de haber comprendido todo esto claramente, ¿qué podía pasar? –esperó un momento y se respondió con evidente ironía–. No podía sacarte de mi cabeza. Estaba irritable, inquieto –se encogió de hombros–. Estaba solo, terriblemente solo.

Sus miradas se encontraron y Alex sintió que la recorría un temblor de esperanza, pero aún quedaban preguntas.

–Pero... pero Cathy –dijo, pero no pudo seguir.

–Cathy estaba un poco deprimida cuando sugirió que nos casásemos. No solo era su madre su apoyo real, y la pérdida de su padre antes de nacer había contribuido a ello, sino que, a diferencia de ti, era su primera experiencia con la muerte. Creo que todo eso le hizo repensar las cosas y convencerse de que podíamos superar nuestras diferencias y hacer renacer la chispa.

Alex abrió mucho los ojos.

–No funcionó –dijo él–. Y ella comprendió por qué.

Lo miró con ojos interrogativos.

–Sí, tú –respondió–. Cathy no es tonta. También fue valiente. Dijo que era muy afortunado por tener a alguien a quien Nicky pudiera querer. Y ha sido muy generosa en los aspectos prácticos de la crianza de Nicky. Se ha mudado a Brisbane... sé que también la beneficia a ella, pero eso supone que no tendré que volar a Perth los días de deporte del colegio, cumpleaños y todo eso.

–Espero que ella encuentre a alguien –dijo Alex.

–Sí. Y Nicky, bueno, hará preguntas cuando crezca, pero parece quererme y confiar en mí. Hacíamos muchas cosas juntos antes del accidente y después le traigo rompecabezas y libros y plastilina. Incluso me ofreció a Nemo como compañía cuando él no podía estar.

–Me gustaría haberme enterado –dijo involuntariamente–, del accidente.

–Estuve a punto de mandar a por ti unas cuantas veces, pero luego me arrepentía. Era un mar de dudas. ¿Podría volver a caminar? ¿Era la persona adecuada para ti? Según el señor Li, lo estabas haciendo muy bien.

–Me preguntaba sobre eso –murmuró ella.

–¿Si seguía sabiendo de ti? Sí –pareció serio un momento–. Si estaba esperando escuchar que habías entrado en decadencia, no eran esas las noticias que me llegaban. Pero... –hizo una pausa– Alex, mi mayor duda, a lo que más vueltas le daba, era que, después de todo por lo que habías pasado, en realidad no habías querido enamorarte de mí –frunció el ceño–. Sé que las circunstancias hicieron que fuera algo altamente cuestionable, pero...

–Sí –Alex sintió que la recorría un temblor, la sensación de haber sido comprendida–. Después de que mis padres y la madre superiora murieran, no podía permitirme estar unida a nadie. Así que estaba petrificada por lo que sentía. Incluso hasta ayer, lo que me quedaba de esa actitud, me hizo decir todo lo que dije, pero después me di cuenta de que solo pensaba en mí, y eso era una cobardía.

–Ayer –dijo él tras un suspiro– mi peor pesadilla se hizo realidad. Se había terminado todo contigo.

–Ayer no sabía lo que sé hoy –dijo ella con tranquilidad–. Ayer. Y muchos ayeres, fue como vivir en una pesadilla, sin ti...

La miró a los ojos como si no pudiera creer lo que llegaba a sus oídos.

–¿Estás completamente segura, Alex?

–Completamente, aunque tengo una última preocupación –dijo en tono grave.

–¿Cuál?

–Pareces haber conseguido mantener las manos alejadas de mí con gran facilidad –dijo con una sonrisa.

Vio una pequeña conmoción en los ojos de él, después cambiaron y esa vez, cuando habló, fue con amor y risa.

–Si lo hubiera sabido... –la rodeó con sus brazos.

–¿Estás cómoda?

–Sí –se habían trasladado al estudio y se habían lle-

vado el vino y los canapés con ellos. Estaban abraza-
dos y acababan de besarse–. Oh, sí –apoyó la mejilla
en el hombro de él–. Dime una cosa... ¿por qué ayer?

–Era mi cumpleaños. De pronto se convirtió en algo
urgente hacer que mi vida volviese a valer la pena... –sacudió la cabeza.

–Feliz cumpleaños con retraso –dijo con suavidad–,
pero ¿será hoy el primer día del resto de nuestras vi-
das?

–Sí, oh, sí –le acarició la cabeza con la barbilla–.
¿Cuándo te casas conmigo? Maldición.

–Maldición ¿por qué? –lo miró a los ojos.

–No estaré bien para casarme hasta al menos dentro
de seis semanas.

–No importa. Quizá estas cosas está bien tomarlas
con calma.

–¿Me prometes una cosa?

–Por supuesto, ¿qué?

–Dímelo si alguna vez voy demasiado deprisa para
ti.

–Ah, si estás preocupado por mi pasado conven-
tual...

–Sí. Me lo he preguntado –la interrumpió–. Pensaba que los asuntos de la carne podrían darte un poco
de miedo.

–Bueno –dijo Alex después de pensar un momento–,
en realidad te desnudé en mi imaginación la tercera
vez que nos vimos... ese es mi drama de la sala verde.
Créeme –lo miró a los ojos con asombro en los suyos
al recordar–, fue una pequeña conmoción.

–Me gustaría haberme enterado.

–Ya era bastante difícil de manejar sin que lo supieras. Y sí, no tengo experiencia, pero no me da miedo.
Y si tienes problemas con el salón rosa, yo también los
tuve después de que me torcí el tobillo y fui consciente

de que lo que habías hecho me había encendido de deseo.

–¿Cómo he podido ser tan idiota? –la abrazó con fuerza.

–Pero también estaba convencida de que no te sentías atraído por mí en absoluto, de que me lo había imaginado.

–Al contrario. He tenido largas fantasías contigo –le pasó los dedos por el pelo–. Acariciarte el pelo era una de ellas.

–¿Y las otras?

–Creo que debería esperar al momento adecuado antes de decírtelas –la besó ligeramente–. ¿Cómo vamos a afrontar las próximas seis semanas?

–Con mucho de esto –lo abrazó–. Creo que podría ser feliz pasando horas así.

–Alex –dijo súbitamente en un tono de voz diferente.

Ella se incorporó para mirarlo ansiosa.

–¿Qué pasa?

–Solo que no puedo creerlo. No sé qué he hecho para merecerte.

–Max –dijo con el corazón en los ojos–, créelo. Yo lo creo y jamás pensé que le diría esto a nadie. Además... –sonrió de ese modo inesperado que tanto le gustaba a él– ¡por fin me he acostumbrado a llamarte Max y no señor Goodwin! Eso tiene que significar algo.

Capítulo 10

S E CASARON ocho semanas después.
   Algunos momentos de esas ocho semanas, Alex
   sabía que no los olvidaría jamás.

La delicia de Margaret era uno de ellos.

–Sabía que tú eras la buena –le dijo feliz cuando se enteró de la noticia–. ¡Lo sabía desde el principio!

Alex parpadeó y Max hizo más.

–Eso pensaba yo –dijo él–. Tenía la sensación de que cuando ella apareció tan guapa en el cóctel, tú tendrías algo que ver en ello.

–Sí. En cuanto vi esas piernas y esa figura, decidí sacar el máximo partido de ellas. Me había impresionado de Alex cómo había afrontado la entrevista –la abrazó y la besó cariñosa–. Por supuesto, así es como yo manejo al señor Goodwin... ¡supongo! –añadió con humor.

El señor Goodwin parecía un poco ofendido.

–No soy tan difícil de manejar.

–Sí –dijeron a coro su prometida y su secretaria.

–No lo soy –dijo a Alex esa misma tarde.

Habían ido a cenar a Sanctuary Cove y paseaban viendo los lujosos barcos del puerto.

Alex llevaba el vestido del cóctel y un anillo de compromiso que brillaba con un misterioso fuego azul bajo las luces del paseo.

–¿Difícil de manejar? Ya te lo diré, dentro de diez años estaré agotada o radiante.

–Ya eres radiante ahora –la besó y la miró con intensidad.

–Me siento como si lo fuera –dijo y bajó la voz–. Gracias a ti, Max.

Se sintió asaltado por la urgente necesidad de rodearla con los brazos y besarla intensamente. Por deferencia a su espalda y a los ciudadanos de Sanctuary Cove, recurrió al humor:

–Bueno, no puedo ser tan malo, entonces.

–Puedes ser horrible –le llevó la contraria–. El problema es que también puedes ser terriblemente agradable... Margaret daría su vida por ti. ¿Nos vamos a casa?

–Eso suena a... sugerencia.

–Lo es –dijo en tono grave–. Me gustaría mucho que me besaras, pero... en privado.

–Es exactamente lo que pienso yo, señorita Hill –dijo besándola.

Su hermana, Olivia, proporcionó otro momento, lo mejor fue la reacción de él con su hermana.

Max cerró el móvil después de hablar con ella, que se hallaba en Inglaterra, y soltó un juramento.

Alex lo miró desde la silla de mimbre en que estaba sentada en el jardín.

–Ha dicho que viene en el primer avión para hacerse cargo. Considerando que no hace mucho me dijo que estaba loco por no casarme con Cathy, lo encuentro increíble.

–¿Hacerse cargo?

–De la boda. No conoces a mi hermana.

–Sí. De hecho, disfruté del placer de su compañía en la cena del baile.

–Oh, se me olvidaba. ¿Qué te pareció?

–Bueno, no me intimidó, si es eso lo que preguntas.

–¿Lo intentó?

–Realmente no, pero se quedó un poco sorprendida al descubrir quién era yo: la niñera de Nicky, tu asistente personal, etcétera. Una cosa sí noté en ella: estaba realmente preocupada por ti. Parecía darse cuenta... ¿te acuerdas del humor que tenías esa noche? –él asintió–. Bueno, ella pareció darse cuenta y estaba realmente preocupada por ti.

–¿Por qué tengo la sensación de que serás capaz de manejar a Livvy?

–No lo sé.

–Sí. Es verdad que te preocupa la gente, ¿no?

–Supongo que sí.

–Es una de las cosas que me gustan de ti.

El reencuentro con Nicky fue delicioso.

La saludó como a un amigo largo tiempo perdido y le pidió que no volviera a marcharse, no le gustaba y a Nemo tampoco.

–Bueno, mira a Nemo. ¡Lo que ha crecido!

–Y ya sabe hacer cosas. ¡Mira!

Nicky simuló una pistola con la mano, apuntó al perro e hizo el ruido de un disparo.

Nemo se tumbó y se hizo el muerto.

–¡Estoy impresionada! –dijo Alex entre risas–. ¿Se lo has enseñado tú?

–No, mi padre. Tenía un perro de pequeño, como yo –dijo con inconfundible orgullo.

Alex había esperado que el primer encuentro con Cathy sería difícil, pero resultó mucho más fácil de lo previsto.

–Debería sentir ganas de sacarte los ojos –dijo

Cathy–, pero algunas personas son tan auténticas que una no puede enfadarse con ellas. ¿Qué le hizo finalmente reconocer que no podía vivir sin ti? –preguntó con curiosidad.

–Su cumpleaños –respondió un poco avergonzada–. Seguramente no tiene mucho sentido.

–Sí lo tiene para ti.

–¿Cómo estás? Espero que me perdones por haber dado tantas órdenes la última vez que nos vimos.

–Sí –dijo escueta y luego suspiró–. Tú y la muerte de mi madre habéis sido un toque de diana. Creo que tengo mejor ordenadas mis prioridades ahora. Y tengo que decir que Max tiene... bueno, no ha mostrado querer utilizar a Nicky como un elemento de confrontación entre los dos. Sobre todo, el niño es feliz, es feliz conmigo y es feliz con Max –pero parecía atormentada.

–Cathy, jamás trataré de ocupar tu lugar con Nicky. Te lo juro –dijo Alex con tranquilidad.

–Gracias –repuso la otra mujer agarrándole una mano.

El siguiente momento fue más difícil de manejar.

Desde que se habían reencontrado, Alex había dejado su trabajo porque la idea de estar separados le resultaba intolerable, pero vivir en la misma casa, o en el ático, sin compartir la cama, tenía sus problemas.

Y una tarde, mientras estaban tumbados en el sofá del estudio escuchando música, Alex detectó tensión en el ambiente. Max se levantó y salió fuera a respirar.

Si ambos compartían el mismo nivel de deseo que ella sentía, lo normal habría sido hacer el amor, pero Max aún llevaba un corsé ortopédico y había determinadas cosas que tenía expresamente prohibidas. El sexo era una de ellas.

Pero había formas, pensaba, y de pronto deseó no ser tan completamente inexperta, que podrían haberles proporcionado algún alivio. Salió a reunirse con él.

Estaba de pie en el embarcadero mirando el agua. Ella dudó un momento y después se acercó a él y le rodeó la cintura.

–Max... –su voz era áspera y un poco dubitativa– ¿hay algo que pueda hacer para ayudar? Sé cómo te debes de sentir.

–No puedo agradecértelo bastante –le pasó los brazos por los hombros–, pero no. Tenemos que hacer esto juntos. Puedo esperar –la besó en el cabello.

Faltaban dos semanas para la boda, pero él estaba contento de esperar.

–¿Se te ha ocurrido pensar que somos la pareja más pasada de moda del entorno? –dijo él.

–Sí.

–¿Eres feliz con eso?

–Sí –dijo con sinceridad–. Me ha encantado nuestro compromiso. Me ha encantado conocerte. No digo que no me gustaría acostarme contigo, pero... la noche de bodas será algo muy especial.

–Lo será.

Finalmente, llegó el día.

Una vez más la celebración era en la villa, que había sufrido otra asombrosa transformación y la terraza se había convertido en un emparrado.

La tarta era de tres pisos.

La novia llevaba un vestido largo sin tirantes con exquisitos bordados. El velo era de un antiguo encaje que habían llevado las novias de la familia desde la abuela de Max, la hija de un conde italiano.

La anciana estaba presente en la boda. También la señora Mills, lo mismo que Jake y Stan, todos relevados de sus deberes habituales. Margaret lloraba de felicidad. Simon había ido con su esposa, Rosanna, pero habían dejado a sus hijos de tres semanas con sus suegros. Aún parecía asombrado por la noticia de la boda. Incluso el señor Li estaba presente, entre otros distinguidos invitados.

Patti llevó a Josie. Alex le había regalado a la perrita, aunque con un nudo en la garganta.

Cathy y Nicky también estuvieron.

Solo la familia y amigos y el personal asistió al servicio religioso.

Alex fue acompañada por los hijos de Olivia y por Nicky y entró en la iglesia del brazo de sir Michael. Nunca olvidaría el momento en que Max se había dado la vuelta para mirarla, jamás olvidaría el asombro que había en sus ojos. Tampoco el momento en que había apartado el velo y la había besado.

La fiesta transcurrió como en una bruma hasta el momento de cortar la tarta, lanzar el ramo y recibir las felicitaciones.

Pasaron la noche de bodas en el ático. A la mañana siguiente se subirían a un avión para una larga luna de miel.

Estaban acostados el uno al lado del otro en la enorme cama.

Se habían comportado con un decoro absoluto en el viaje en el Bentley desde la costa hasta allí.

Habían tomado el ascensor sin decir ni una palabra. Habían salido al vestíbulo, se habían mirado largamente y el decoro se había esfumado...

Alex se movió en la cama y sonrió.

–¿Qué pasa, mi amor? –preguntó Max recorriendo el cuerpo de ella con los dedos.

–Creo que hemos dejado un rastro de ropa desde el ascensor.

–Creo que sí –reconoció–. No importa... estamos solos. ¿Qué tal? –apoyó la cabeza en el codo y la miró.

–¿Sinceramente? –tembló al recordar.

–Sinceramente –dijo él con un leve tono de alarma.

–Ha sido... casi indescriptible. Ardiente y dulce y suave, después asombrosamente hermoso... –se quedó sin palabras por un momento–. Ha sido todo lo que había pensado que sería pero que en realidad no sabía. Ha sido más que eso, muy especial –se volvió a mirarlo con los ojos brillantes por las lágrimas de emoción–. Gracias.

–No me des las gracias. Ha sido cosa de los dos. Eres maravillosa, mi dulce Alex, no solo eso, ya me puedo morir, soy un hombre feliz, se ha cumplido mi sueño.

–¡No te atrevas! –dijo ella entre risas–. ¿A qué te refieres con lo del sueño?

–Tuve la fantasía de que algún día te haría gemir con un deseo que no habrías conocido antes y que esos ojos se concentrarían solo en mí. Y acaba de suceder – hizo una pausa y añadió–: ¿Sabes una cosa? Nunca me había sentido así en toda mi vida. Siempre he pensado que estaba bastante bien, pero ahora sé que nunca he sentido tanta paz, tanto puro placer y orgullo, tanta confianza en el futuro, tanto amor.

–Para mí también ha sido un milagro –murmuró Alex, y se acercó a él–. Te amo.

Bianca

**La deseaba como nunca
había deseado a una mujer**

El banquero italiano Vito
Zaffari se había alejado de
Florencia durante las na-
vidades, esperando que la
prensa se olvidase de un
escándalo que podría hun-
dir su reputación. Para ello,
había ido a una casita en
medio del nevado campo inglés, decidido a alejarse del
mundo durante unos días.
Hasta que un bombón vestido de Santa Claus irrumpió
estrepitosamente allí.

La inocente Holly Cleaver
provocó una inmediata re-
acción en el serio banquero y Vito decidió seducirla.
Al día siguiente, cuando
ella se marchó sin decirle
adiós, pensó que sería fácil
olvidarla… hasta que des-
cubrió que una única noche
de pasión había tenido una
consecuencia inesperada.

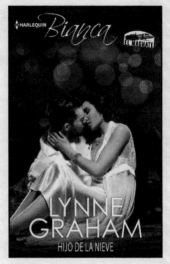

HIJO DE LA NIEVE

LYNNE GRAHAM

Acepte 2 de nuestras mejores novelas de amor GRATIS

¡Y reciba un regalo sorpresa!

Oferta especial de tiempo limitado

Rellene el cupón y envíelo a

Harlequin Reader Service®
3010 Walden Ave.
P.O. Box 1867
Buffalo, N.Y. 14240-1867

¡Si! Por favor, envíenme 2 novelas de amor de Harlequin (1 Bianca® y 1 Deseo®) gratis, más el regalo sorpresa. Luego remítanme 4 novelas nuevas todos los meses, las cuales recibiré mucho antes de que aparezcan en librerías, y factúrenme al bajo precio de $3,24 cada una, más $0,25 por envío e impuesto de ventas, si corresponde*. Este es el precio total, y es un ahorro de casi el 20% sobre el precio de portada. !Una oferta excelente! Entiendo que el hecho de aceptar estos libros y el regalo no me obliga en forma alguna a la compra de libros adicionales. Y también que puedo devolver cualquier envío y cancelar en cualquier momento. Aún si decido no comprar ningún otro libro de Harlequin, los 2 libros gratis y el regalo sorpresa son míos para siempre.

416 LBN DU7N

Nombre y apellido	(Por favor, letra de molde)

Dirección	Apartamento No.

Ciudad	Estado	Zona postal

Esta oferta se limita a un pedido por hogar y no está disponible para los subscriptores actuales de Deseo® y Bianca®.
*Los términos y precios quedan sujetos a cambios sin aviso previo.
Impuestos de ventas aplican en N.Y.

SPN-03   ©2003 Harlequin Enterprises Limited

Deseo

Boda por contrato
Yvonne Lindsay

El rey Rocco, acostumbrado a conseguir lo que quería, se había encaprichado de Ottavia Romolo. Pero si quería sus servicios, ella le exigía firmar un contrato. Los términos eran tan abusivos que, si se hubiera tratado de otra mujer, Rocco se habría negado a sus disparatadas exigencias, pero la deseaba demasiado. Pronto comprendería que podría serle de gran utilidad, y no solo en la alcoba. La aparición de un supuesto hermanastro que reclamaba el trono lo tenía en la cuerda floja y, por una antigua ley, para no perder la Corona tenía que casarse y engendrar un heredero.

¿Sería una locura ampliar el contrato con Ottavia y convertirla en su reina?

Bianca

Estaba dispuesto a traspasar los límitesde su acuerdo con tal de satisfacer su ardiente deseo

Violet Drummond no estaba dispuesta a asistir sin pareja a la fiesta de Navidad de su oficina, pero Cameron McKinnon, un amigo de la familia, parecía la pareja perfecta para el evento. Hasta que le contó a Violet que planeaba convertirla en su novia de conveniencia.

Cameron, un adinerado arquitecto, consideró esa farsa como la escapatoria perfecta ante la atención no deseada que le prestaba la esposa de un cliente. Sin embargo, los falsos sentimientos se convirtieron enseguida en atracción de verdad…

LA MENTIRA PERFECTA

MELANIE MILBURNE